狮魂

牛泓———著

作家出版社

1

林间的一小块空地上，一个少年模样的人手持一杆长枪，正在与一头青狮对峙。

青狮不似人在扮演，而像是一头活的醒狮。一阵风吹过，醒狮青色的鬃毛也随风摇摆。一人一狮，相互死死盯住对方。

少年一身习武之人的打扮，上身白衣，下身着藏青色练功裤，脚上踩一双磨了边儿的回力牌球鞋。她一头清爽中短发，后脑扎起一个鬏鬏。两人静峙中，一阵微风吹过。清晨的光透过树叶的缝隙，斑斑点点洒在这一人一狮的身上。树叶摇摆，阳光时而划过对方的脸，照亮彼此的神情。

少年邪魅一笑，突然发力，使出长枪，向青狮脖颈处刺去。青狮微一侧身，长枪刺空。青狮再一跃，将长枪枪头踩在脚下。少年一个鹞子翻身，借力将长枪抽出。

少年高高一跃，蜻蜓点水般从青狮头顶跳过，来到"它"的身后。青狮疾速转身，举起两只前爪，向少年扑来。少年猛撤几步，在与青狮相距不过几寸的地方停住，又刺出一枪。青狮一个侧身跳跃，惊险躲过枪头，但被削掉几根青色的胡须。青狮怒睁着双眼，微微张口，似低吼。

少年轻蔑一笑。

　　"从来是人降狮，未见狮降人。今天我若赢了你，从今后你便要降服于我，听我号令！"

　　听少年如此狂妄的语气，青狮好生气，微微颤抖着下颌，胡须也跟着一颤一颤的，缺掉的一块看起来有些滑稽。少年看着青狮生气的样子，不觉有些好笑。

　　青狮看到少年调笑自己，一怒之下猛扑上去。少年借力攀上身后的树干，反身一跃，与青狮正面对击。一人一狮，交错而过。胜负犹未可知。

一头红色的小狮子，正奶凶奶凶地瞪着对手。从局面上看，红狮获胜的机会比较大。这是2018年全国舞狮大赛的比赛现场，红黄双方分别来自不同的学校。舞红狮的，正是来自禅城体大的阿亮和他的同学张承。这场比赛的规则是在高桩擂台上PK，且高桩做得比较复杂，高山流水的设置都有。阿亮和张承不仅要完成高桩跳跃，还要过桥、走钢索，并且要同时表演出狮子的状态，难度很高。但这对阿亮来说，已经是司空见惯的场面。

阿亮是学校里最热衷于参加比赛的选手，一方面是对自身技术的自信，另一方面内心总是要证明给那个开武馆的爸爸看，从学校标准化体系下培养出来的选手未必就比传统武馆苦练出身的功夫差。阿亮觉得，如今是讲科学和数据的年代，千百年来口口相传的练功模式已经过时了。如果不想被时代抛弃，就要换一套方法。但爸爸对阿亮的想法显然鸟都不鸟，甚至后悔自己当初为了能够迎合时代的变化，将阿亮送到体校的决定。

阿亮和张承毫无悬念地赢了这场比赛，又一个冠军收入囊中。

阿亮家的武馆叫一经堂，是师祖上世纪初创立的。师祖原是师承洪熙官所创洪拳的门生，后来时局变化，战乱频发。为了讨生活也好，救国救民也罢，师兄弟们散落四方，各自独立，将平生所学落地生根，开枝散叶，不至于让传承了千年的武学烟消云散。师祖就扎根在了禅城，创立一经堂武馆，名字取"遗子满籯金，何如教一经"之意。

阿亮举着奖杯高高兴兴地跑回家里炫耀。一进门，看到师兄弟们正在院子里练功。看到阿亮进来，纷纷转头，却被师父呵斥道：

"再不集中精神，加练两个小时，晚上不要吃饭了！"

阿亮也不管这些，走上前去，大大方方跟爸爸说："我今天拿了冠军。"爸爸看了一眼奖杯，什么都没有说。倒是一旁正在扎狮头的外公为了打破这尴尬场面，从老花镜的上方透出视线来，看着阿亮说：

"好厉害！摆到祠堂里吧。"

一经堂武馆是一座传统的岭南大屋，共有四进。前院最大，日常供师兄弟们练功。第二进是议事厅，有的时候也在厅前的空地上举行狮头的开光仪式。第三进是大家住的地方，师公和师父在东厢，其余人分住在西厢和其他地方。最后一进院一般只有一经堂的人可以出入，那里是祠堂的所在。

一经堂的祠堂与别家不同，一般武馆的祠堂供奉的要么是祖师爷，要么是庇佑武行的神明。而一经堂的祠堂里供奉的，则是一座狮头。狮头为青狮，有些年头了，显得有些破旧。尤其是狮头的下须，残破不全，好似彰显着这头狮子曾经身经百战。而狮头的来历则是秘密，问到师公，师公只是叹气。问到师父，师父绝口不提。一来二去，也就没人再敢问起。

在祠堂里左侧贴墙的位置有个突兀的小柜子，看着就不像这座祠堂里的东西。那是外公从自己房间里搬出来的家私，腾给阿亮专门放他的奖杯用的。

阿亮放好奖杯，拜过青狮，回到前院的时候，师兄弟们已经练完了功，在休息。一经堂一共有五名弟子，对于一个狮队来说是可丁可卯的人手。大师哥陈到是狮尾，二师哥马良是狮头。三师弟姜维是鼓，四师弟丁奉是锣，最小的师弟李恢是镲。虽然一经堂是阿亮的家，但阿亮实际上是一个"编外人员"。

阿亮走到前院，他已经习惯了爸爸对自己的忽视，随手从水盆里拿出一颗桃子啃起来。时值盛夏，油亮亮的黄桃十分香甜。阿亮一边啃着桃子，一边跟二师哥逗着玩儿。在一经堂的队伍中，阿亮最喜欢的就是二师哥。大师哥过于老实，三个师弟又各有各的淘气，怕玩儿起来没个分寸。

阿亮正跟二师哥逗弄着，使出一记长拳，二师哥单手挡拆，阿亮又一个上步，还未及出拳，便听见爸爸一声怒吼：

"明天要出狮，你自己不学无术花拳绣腿，还来跟二师哥动手？！"

师父的这一声吼，在所有人的意料之外。师公早已不当家了，一经堂真正意义上的主理人是朱师父，师公也不便说什么，继续低头画他的刀花。

阿亮也不知道哪里来的脾气，回怼道：

"我只是跟师哥玩啊，我又没做什么！"

"今天拿奖了，你很得意是不是？！"

"是！"

父子俩一人一句就这么吵了起来。

"好啊，你觉得自己很了不起嘛！要过招就好好过！阿良！"

"师父……"

二师哥马良颇有些左右为难。

"不许给他放水！"

其他的师兄弟见到这个场面，知道一场比试在所难免了。大家都纷纷地知趣让开。

阿亮虽然知道二师哥的功夫很好，资质深厚，又深得外公和爸爸的真传。但他也非常自信，觉得自己未必会输给二师哥。可在二师哥的心里，并不想跟他比试，因为输赢远不及阿亮和师父的感情重要。

这一场比试，不比舞狮，只比拳脚。阿亮在学校里主攻的是南拳和舞狮。他与二师哥各自站到一方，阿亮率先发起攻击。南拳生猛，阿亮没想到师哥竟以太极应对。交手没几个回合，阿亮就输了。输得这么快，也是阿亮自己都没想到的。

爸爸背着手站在一边，脸上挂着得意的表情。阿亮很生气，气爸爸，更气自己。明明自己也是很优秀的，却没想到二师哥的功夫竟然比自己高出这么许多。虽然已是二十岁的人了，但阿亮还是拗不过面子，一气之下跑回了自己的房间。几个师弟面面相觑，不敢出声。师公适时地站了出来。

"今天轮到谁做饭了？"

老三、老四、老五同时举手。他们都不想在尴尬的前院儿待着。

"那还不快去！"

饭桌上，师公和师父先动筷子，其他人再动。刚拿起筷子，二师哥冲大师哥使了一下眼色。大师哥默默放下筷子，想要站起身去喊阿亮来吃饭。刚欠起身子，就听师父说道：

"一经堂没有连吃饭都要别人叫的规矩，爱吃不吃！"

大师哥不敢再动，就又坐了回去。师公看了一眼自己的女婿，也没说话。

半夜，阿亮饿得睡不着。偷偷来到厨房，到处翻了个遍，真没有给他留饭。就在阿亮想要放弃的时候，他掀开灶上的笼屉，里面有一碗白饭和一碗蛋羹。蛋羹和白饭还是温热的，飘出香油和大米的香气。阿亮从竹筒里拿出羹匙，大口大口吃了起来。

回到学校以后，阿亮比以往更加拼命地训练。阿亮给自己制订了一套严格的训练计划，每天除了南拳和舞狮基本套路和动作之外，还有大量的力量与耐力练习。

上了一天的课之后，阿亮拉着张承到练功房继续训练。几轮动作下来，张承已经大汗淋漓。

"我不行了，歇歇吧。"

张承一边有气无力地喘着，一边跟阿亮说。

阿亮看都没有看他一眼。

"要歇你歇，我不歇。"

"你又受什么刺激了？"

阿亮没有接话。

一个俏皮的脑袋从门外探进来。俏皮脑袋悄悄来到张承的身后，伸手戳了一下他的右肩，张承很自然地看向左边。

"刚下课？"

"嗯。"

甘宁看着窗外投射进来的夕阳下，阿亮努力训练的剪影。

"谁又刺激他了？"

"不知道。昨天回了趟家，回来就这样了。"

"周末的比赛不顺利？"

"第一名。"

甘宁做了一个不理解的表情，张承耸了耸肩。

甘宁是游泳队的，跟阿亮从初中开始就是同学，是阿亮的死党。因为甘宁是女生，从小到大，周围的同学不是误会他们早恋，就是误会他们之间是姐妹或者兄弟。但只有阿亮和甘宁自己知道，他们就是死党。他们不依赖于对方，平时也不一直腻在一起，但关键时刻能够成为彼此最好的支撑。

张承准备回宿舍了，甘宁跟他摆摆手告别。甘宁走到阿亮的面前。

"你准备练到什么时候？一晚上可练不出大招儿来，那都是武侠小说里面的段子。"

"我给自己订了计划，我要把今天的练完。"

甘宁看了阿亮的计划表，不禁惊呼。

"你这会把自己练废的！"

趁阿亮刚做完一组训练的空当，甘宁看了一眼时间。

"等下我帮你放松，这会儿食堂也没饭了，你去跟我吃个饭。我们聊聊。"

甘宁的话说得很平静，且不容拒绝。

甘宁带阿亮来到学校门口的一间小饭馆。这是他们长期打牙祭的地方，食堂的饭实在是太难吃了。这间小饭馆最大的特点是没有菜单，老板好像之前是某个大酒店的大厨。想吃什么，跟老板讲一声就好了。只要有备菜，基本都能做出来。

甘宁简单点了两个菜，要了两碗白米饭。因为天气炎热，老板煮了一些海带绿豆汤给自己，也顺便给他俩盛了两碗。

"说说吧。"

甘宁一边吃，一边问阿亮。

"我跟二师哥比武，输了。"

"就为这？"

"这还不行？！"

"你二师哥！你爸钦定的一经堂的接班人！你输给了他，那不是太正常了？！"

"你这话我怎么这么不爱听！"

甘宁笑了一下，喝了一口绿豆汤。甘宁嘴里含着绿豆汤，眼里放着光，向阿亮猛指。阿亮也端起碗来，喝了两口。

"你们一经堂是武馆，那都是武侠小说里的存在，蹲马步能蹲个三年五载，是出扫地僧的地方。咱们是新时代的运动员，是学校用标准化流程培养出来的人才，拼的是成绩和数据。根本就不是一个赛道上的事情，你有什么好不服气的？！"

"你怎么这么没有好胜心？！"

"我有啊！我的理想是拿金牌，但不是横跨英吉利海峡。那是伟人做的事情，我不是。我只是对自己的认知清晰罢了。大家想站的山头不一样，而这个世界上所有的人也并不是只有一个评判标准和一种归宿。"

阿亮想了想，自己的不服气是有点冲动和激进。但他还是憋着这个劲儿，他一定要在舞狮上证明自己。即便他不是像二师哥他们那样下苦功夫，下狠功夫，他也一样是优秀的。

吃完饭，两个人在操场上散步。天空开始微微飘下细雨，是很适合夜跑的天气。甘宁准备跑个两圈再回去睡觉。

阿亮跑了一会儿，对甘宁说：

"我想参加'狮王争霸'的比赛。"

甘宁停下，一脸疑惑地看着阿亮。

"我爸一直都很看不上我舞的狮，我要去参加他们武行景仰的'狮王争霸'赛，拿个奖回来，证明给他看看！"

"那你要跳过学校，以个人名义参赛？"

"对！"

甘宁停了下来，阿亮看着她。甘宁略思忖片刻后，咧开嘴，笑着看着阿亮。

"行！我帮你！"

阿亮高兴地跳起，要给甘宁一个贴身摔，被甘宁巧妙躲过，反而给了阿亮一个推力。阿亮一脸惊讶。

"你什么时候学的这手儿？！"

"那我可是没少偷师，搞不好我也能成为一个武学奇才！哈哈哈！"

翌日开始，每天结束自己的训练之后，甘宁都会到练功房帮阿亮一起训练。张承因为担心校方会追究，决定不跟阿亮一起去参赛，但是日常训练的时候，他也可以帮忙。阿亮理解张承的担心，也没有勉强。但阿亮一个人始终难以成行，他需要一个狮尾来跟自己组队。阿亮思来想去，想到了二师哥。

阿亮一开始提出来的时候，二师哥内心最大的担忧是师父。如果这件事情被师父知道了，轻则惩罚，重则会被逐出师门。

"什么年代了……"

"师父就是师父，没有师父就没有我，你是知道的。"

阿亮不是不知道爸爸和二师哥之间的感情，甚至有的时候，阿亮都觉得二师哥才是爸爸亲生的儿子。

"你让我想一想。"

阿亮其实也不想二师哥这么为难，但他没有其他的办法了。

眼看距离比赛还有不到一个月的时间。阿亮趁着周末回家，这一天是二师哥负责做饭。阿亮偷偷溜进厨房，假装给二师哥帮忙择菜。阿亮问二师哥考虑得如何了，二师哥表示可以帮阿亮这个忙，但是千万不能让师父知道。而且他只能利用外出的时间来帮阿亮训练，训练的地方不能太远，不然很容易露馅儿。阿亮忽然想到家附近有一个荒废多年的篮球场，他们可以在那边练习。

二师哥看到阿亮把菜择得乱七八糟，把他轰了出去。阿亮哪会做饭，在学校都是吃食堂，除了学习就是训练，对于生活的技能，阿亮几乎为零。这也是让朱师父很看不上的地方。

三个人来到篮球场，篮球场已经荒废多年，阿亮和二师哥不记得从什么时候开始，人们不再来这里打篮球了。篮球场就是很简单的水泥地，地缝中长出了野草。两边的篮筐已经锈迹斑斑，其中一个也已经被人拽了下来，没办法再用了。二师哥看了一下周围的情况。

"收拾收拾可以用。……就是条件艰苦了一点。"

"没关系，我可以的。"

阿亮信誓旦旦地说。

"话别说得太早。"

二师哥饶有意味地笑着对阿亮和甘宁说。

二师哥每天能偷跑出来的时间是固定且有限的。只有吃过午饭休息的时候，还得是没有商业活动或其他业务的日子。有的时候借口帮师父跑跑腿或者给家里采买什么的，也能跑出来。临时团队就随时联系。

这个"临时团队"搭建得潦草且随意，但好歹是符合了报名比赛的资格。狮头是阿亮，二师哥是狮尾。锣和镲不要了，甘宁是鼓手。甘宁因为是游泳运动员，核心能力和节奏感都很好，上手也快。二师哥从朋友家的村委会大礼堂里借了几条被淘汰掉的长板凳，阿亮和甘宁从学校文艺社团借了鼓。舞狮要用的鼓很大，但他们训练的场地不具备这个条件，主要是太响，一敲远近十里都听得到。阿亮灵机一动，从文艺社团借了一个腰鼓。这个腰鼓也不小，要挂在身前齐腰的位置。但基本是舞狮鼓的等比例缩小，方便甘宁找到感觉。为了借这只腰鼓阿亮还牺牲了一些色相，使了些讨好的伎俩，才偷偷跟文艺社的副社长借了出来。二师哥还在篮球场的附近发现了一户空的房子，院子的围墙已经残破了。

"这里空置很久了，不知道他们家的人还在不在。"

二师哥对阿亮和甘宁说。

"集训的这段时间，我们可以暂时把家伙什藏在这里。"

阿亮环顾着四周，主人家有些家族成员的照片还放在房间里。

"这儿不会闹鬼吧？"

甘宁诧异地看着阿亮。

"你害怕啊？"

"……当然不！我就问问！我是怕你害怕！"

阿亮从小对怪力乱神的东西就有些畏惧，在这方面，他的胆子不是特别大。

甘宁忽然将手抚上了阿亮的背后，幽幽地说：

"这么多年……其实我一直都没告诉你……"

阿亮忽然转过身，冲着甘宁大叫一声：

"啊！"

"啊！"

这一声也给甘宁吓了一跳。两个人对着大叫起来，闹成一团。

"你们俩安静一点吧，搞不好一会儿……"

二师哥佯装恐惧，扫视着四周。

听到二师哥一本正经地说，两个人大叫着跑了出去。看着慌不择路的两个人，二师哥一脸坏笑。

　　三个人协力把篮球场上的草除了，又把旁边荒废的宅子简单收拾了一下。未来还有不到一个月的时间，这里就是他们的训练基地了。二师哥每天只能趁着午后溜出来，因为是盛夏，阿亮也只能顶着大太阳训练。

　　第一次训练的时候，二师哥先用九条板凳摆了一个阵。板凳交叠在一起，但又不是一个摆一个，而是首尾相连，彼此借力，像筷子搭桥那样。

　　"这是什么？"

　　阿亮一头雾水。

　　"这是青阵。"

　　对于舞狮的青阵，阿亮也只是听过看过，从未自己舞过。

　　"哇，玄妙，这有什么讲究吗？"

　　甘宁一边感叹一边好奇地问。

　　"'狮王争霸'赛的那些参赛队伍，大多是传统武馆出身的。他们平时跟一经堂一样，接一些商演、表演来保证狮队最基本的日常运营。这当中偶尔也会有一些懂行的前辈们，为了破解风水也好，烘托气氛也罢，会抛出一些采青的题目来让狮队破解。接得住招，能够破解的狮队，水平立见高下。"

　　"一经堂就是能破解的那种！"

甘宁兴奋地说道。

"嗯。所以舞狮的看点不只在高桩，这几年高桩的流行也是为了满足观众的视觉刺激。看醒狮在高桩上跳跃，够高！够险！但这样的舞狮很片面……"

听着二师哥的话，阿亮倏然觉得自己其实并不像自我想象的那般了解舞狮。

"所以我搭了这个青阵，我们从步法开始练习。步法练好了，再上高桩，就好比在梅花桩上打功夫，有章法、有力量又好看，比较容易得高分。"

早就沉醉在二师哥教学中的甘宁拍了拍阿亮。

"你看到没，你二师哥在发光！"

阿亮睨了一眼甘宁，甩开她的手。

"那我们开始吧！"

阿亮虽然体能和力量都很好，但毕竟他的训练体系跟二师哥他们是不一样的。一开始刚上板凳还行，时间稍长一点，阿亮就开始乱了。在青阵上训练，步法上有的时候还要借助武术的发力方式，这跟阿亮以前的训练方法完全不同。没过多久，阿亮就有点支撑不住了，腰酸背痛不说，完全不得要领。

二师哥偷溜出来的时间差不多了，第一次的训练就只能暂时到这里。跟甘宁回到学校以后，阿亮又独自在练功房里练了许久。时间过得很快，眼见距离比赛只剩下一周的时间了。阿亮其实很聪明，又有天分。这段时间里阿亮的进步也是肉眼可见的，就连甘宁也上手了许多。三个人对于他们组成的这个临时团队，在这段时间里的配合和集体训练，都有一种心照不宣的成就感。这种成就感带给他们一种向上的舒适，让他们品味到了团队协作、逐渐进步、提升自信和勇气的爽感。让他们觉得，只要三个人在一起就无所不能，所向披靡。

每次训练完后，他们三个人总要在旁边的树下小躺一会儿，休息片刻，听着树上一拨又一拨的蝉鸣。

"它们好像分声部的合唱团，一个声部一个声部地唱。"

"它们是夏天最有代表性的声音记忆。我已经很久没有认真听过了，在学校里也不会留意到这些。"

阿亮和甘宁你一句我一句地聊着。阿亮看看二师哥。

"你呢？"

"我什么？"

"你有什么感受？"

二师哥沉默了一下说：

"过完这个夏天，它们就死了。所以它们在拼尽全力，挥发着自己的能量，证明自己曾经活过。"

阿亮和甘宁一脸震惊地看着二师哥。

"你二师哥这么深沉的吗？"

"嗯，上升到哲学了。"

"嗷！"

二师哥一拳压在阿亮的肚子上。

三个人闭上眼睛，静静地躺在树荫下，任微风轻轻吹过，隐隐带来一丝清凉。

躺着躺着，阿亮好似做了一个梦。

梦中，一头青狮正在一经堂的二进院儿里活灵活现地舞着，摇头摆尾。青狮一瞥，好似看见了阿亮，好奇地冲他眨着大眼睛。

青狮舞毕。舞狮人将狮头摘下，原来刚刚舞这头青狮的是一名十六岁的少女。

1995 年。

"你觉得怎么样？"

一个中年男人倒背着双手站在一旁，问青云。

"很称手！大小、轻重都合适。谢谢爸爸！"

"行，那今后可就看你的了。"

"放心！"

罗宪说完，回到了自己东厢房的工作间。

"瞧给你高兴的！"

"当然！能舞赵云狮一直是我的梦想！"

朱据当然知道这是罗青云一直以来的梦想。他也知道，未来的这条路也许并不好走。但他能做的就是守护一经堂，守护青云的梦想，守护这份传承了三代的事业。

"对了师哥，明天新狮头的开光仪式是你来主持吗？"

"当然。"

"好！我们都是第一次！"

"嗯！"

舞狮行有个规矩，新狮头使用之前需要举行开光仪式。给狮头开光又叫"醒狮点睛"，有着约定俗成的礼仪。上香、敬酒、狮角簪花之后，由主持人亲自手持朱笔，为新狮头点睛。点睛之后，这只狮就算是被赋予了灵魂，活了过来。从此就有了自己的灵性，才能被叫作"醒狮"。点睛的时候，还有一套口诀，各家与各家之间略有差别，但大体上是差不多的。这一场的主持人是朱据，朱据已经执掌一经堂两年了。虽然他也只有二十二岁，却是罗宪的得意弟子，与一经堂之间也有着天假其便的羁绊。

"今天是阿云的大日子，也是阿据和一经堂的大日子。我打理一经堂的时候，天后诞一直是我们的主场。两年前阿据接下我的班，天后诞没有从他的手里流走。如今，这是阿云带着新狮的第一次亮相。从今天开始，我彻底完成了对一经堂的交接，阿云也将正式开启她青狮的人生。"

前馆主罗宪的一番话，说得朱据百感交集，青云则对自己的未来充满了想象。

"时间差不多了，出发！"

在罗宪的号令下，一经堂的人整装出发，走向属于新一代舞狮人的未来。

天后诞，在农历三月二十三。天后，也叫妈祖，是地方上保护黎民百姓的神祇。当地人对于天后诞非常重视，只有在这种重大节日的时候，才会发动整个武林来舞狮庆贺。而一经堂作为他们这一带首屈一指的武馆，自然这种事情是被他们所继承和独揽的。

说独揽，这是江湖上的规矩。某一个地方的天后宫庆贺天后诞的舞狮，都是有固定舞狮队来承包的。这是沿袭下来的，其他的舞狮队也不会抢他们的彩，越界到别人的地盘舞狮。

在简单的开场仪式后，罗青云舞着青狮上场了，朱据给她做狮尾。青云和朱据一上场，人群中就有眼尖的人高喊。

"是赵云狮欤！"

只见青云和朱据两个人搭档配合默契，个人的功夫都很扎实，步法行云流水。罗青云生性俏皮，经常会有即兴临场发挥，朱据还往往都能够跟得上。但凡换一个不是很了解她的人，恐怕轻则乱了阵脚，重则就是一场争执。不过青云的每一次变化也都会令观者感到出其不意、赏心悦目。

罗青云的青狮舞得轻快、俏皮，最后高高地一跃而站立，眺望远方。青狮的下须随风摆动着，眼神灵动，那一刻青云仿佛与青狮合而为一，将舞狮表演送上了一个高潮，并在观众的欢呼声中结束。罗青云和朱据的舞狮表演圆满结束，狮子舞得漂亮、潇洒，完全舞出了赵云这个人物智慧勇敢、武艺超群的精髓。天后诞的演出大获成功，青云高兴地摘下狮头，却换来了现场从高呼到鸦雀无声的转变。

"女仔？！"

人群中有人不可置信地嘀咕。

舞狮民间协会的议事厅里，行业里各个武馆的长辈都在。

"老罗啊，你怎么能让阿云去舞天后诞的狮，舞的还是青狮！"

"青狮怎么了？！天后诞又怎么了？！天后娘娘也是女的啊！"

"阿云！"

罗宪喝止了阿云的反驳。

"阿云啊，不可以对天后娘娘不敬！女孩子可以舞狮，但没有挑大梁的传统！"

"没有传统是代表过去没有，不代表将来没有！"

"师叔们说一句，你要顶一句是不是？！"

罗宪只是一味地喝止自己的女儿，但是并没有批评。毕竟，青云去天后诞舞狮，是罗宪默许了的。青云的心气儿，作为父亲他再清楚不过了。他也希望在自己的有生之年可以护佑着青云尽量走得远远的，至于能走到哪一步，就要看青云自己的造化了。

罗宪的护犊子，行业里的各位前辈也是看出来了。因为一经堂的地位摆在那里，明着他们不敢怎么样，但是暗地里便开始排挤一经堂。包括那些与舞狮队有业务往来的商户，在舞狮行业整体的孤立下，也不太敢出头找一经堂舞狮了。渐渐地，武馆的生意少了很多。

如果长此以往下去，很有可能到明年的时候，行业里的这些前辈就会联名起来要求协会换掉负责天后诞舞狮的武馆。

发现他们用这样的方式来排挤一经堂之后，青云很不服气。

　　"一人做事一人当，让我道歉或者受罚是不可能的。我没做错。我想舞狮没错，舞青狮我也是配得上的。至于在天后诞舞狮，自古虽然没有女孩子挑大梁的先例，但不代表这是错的。"

　　"你小点声，一会儿让师父他们听见了。"

　　青云和朱据在后院里嘀咕这件事情。

　　"那你打算怎么办？"

　　朱据显得有些老实巴交地问她。青云沉默了半晌。

　　"我要去踢馆！"

　　"踢馆？！你疯了！"

　　"你小点儿声！一会儿让他们听见了！"

　　"师父不会同意的……"

　　"不能让我爸知道。"

　　"你真是疯了！就凭你啊？踢馆？！你这是在拿一经堂的招牌做赌注！我不同意！"

　　"我以我的个人名义踢馆……"

　　"笑话！你不是一经堂的人吗？"

　　"我不管，我要让他们看到我，认可我！如果用文的不行，我就要用武的！"

　　"踢馆真不行！"

　　"那你说一个能够让我证明我自己，让他们认可一经堂，放过一经堂的方法！"

"我……我暂时想不到。"

"你想不到就听我的！时代不同了，老一套该改的也要改一改了！我不会屈服于他们这种暗地里的制裁！"

"好好好，你别激动。那你……打算先踢哪家？"

"射人先射马，擒贼先擒王！"

"你……你要踢自己？"

"师哥，你的幽默感省着点儿用吧。我要踢在我们之下排行第二的武馆！"

"神武堂？！"

第二天，青云偷偷准备好了一封信。

"这是战书吗？"

"笨蛋师哥！现在是什么年代了！真约个日子下战书，人家不扭脸就找上门了！这是调虎离山之计！我托村里老师伪装老家的亲戚给我爸写了一封信。如果要踢馆，必须先把我爸支开。"

"这都什么年代了，老家有事儿不打电话，还要给你爸写信啊！"

"打电话不也穿帮了？！"

"哦。"

　　青云假托老家四姑奶奶的三儿子病了，要父亲回去一趟。罗宪有些记不清这位远房的表兄弟了，但既然是家里来信了，回去一趟也是礼貌。反正最近一经堂也没什么生意活计。走之前罗宪还不忘嘱咐朱据，好好看家，照看好师弟师妹们。

　　罗宪前脚刚走，青云和朱据就准备上门踢馆了。三个师弟郭淮、张虎、王基，不敢说话，也不敢拦着，站在一旁，手足无措。

　　"你们三个继续练功，大人的事情，小孩子不要掺和！"

　　听到青云这么讲，朱据心想，你不也才刚十六岁而已。想是想，但心里还是担心。

　　"你打算怎么踢？"

　　"用真功夫踢。比武术还是比舞狮，随便他们。不过……如果比舞狮，我就需要一个搭手。所以你要跟我一起去。"

　　"我？！你是不是想让我被逐出师门啊……"

　　"你不敢去算了！"

　　青云看向了旁边的三个师弟。三个师弟马上转移视线，装作在专心练功的样子。三师弟郭淮是鼓手，跟青云同岁，在一经堂的时间仅次于朱据，在三个师弟当中也是相对老成持重的一个。

"郭淮跟我去！"

郭淮听到这句话，无助地看向青云。

"算了，我跟你去。"

朱据对青云实在是不放心，万一真有差池，关键时刻以他一经堂主理人的身份兴许还能镇镇场子。听到朱据这么说，青云志得意满地笑了。

阿亮的红狮眨了眨眼睛，平地一个扫尾，高高跃上桩子。行云流水的几个跳跃，紧接一个俯冲探身。看得现场观众眼花缭乱，连连叫好。这是2018年的"狮王争霸"赛现场。这一场舞狮中，阿亮设计了一个高难度的动作。本来是安排在高潮的段落，但是对手们都太强了，临上场之际，阿亮思忖着跟二师哥和甘宁商量。

"我想把之前设计的连环下桩的招式用在前面开场的部分。"

"会不会很冒险？"

二师哥有些担心太过冒进。

"对手太强了，这样我们很难得高分。"

"那你具体想怎么做？"

"上桩之后我们就先做一个盲龙加鲲鹏的亮相。"

二师哥沉默了一会儿，看了一眼现场的摆桩。

"行，听你的。"

阿亮又转向甘宁。

"跟咱们训练的节奏稍有不同，你看着我的步法来就行。"

"好。"

但是让阿亮没想到的是，在他们顺利上桩，并且漂亮地做了一个盲龙之后。转身的时候，阿亮多走了一步，算错了桩。因为速度太快，导致在做鲲鹏动作的时候，阿亮不慎踩空，脚下一滑，掉下桩来。二师哥为了护住阿亮不致受伤，眼疾手快托住了他的头，但自己却磕在了桩子上。摔下来之后，二师哥当场就晕了过去。阿亮慌了。

朱师父和师公以及众师兄弟们赶到医院的时候，二师哥还在手术室里。阿亮刚接受完治疗，打着石膏拄着拐，甘宁搀扶着他走到手术室门口。朱据看到他的第一眼，上去就给了阿亮一个耳光。这个耳光，打得阿亮直耳鸣。阿亮强忍着，让眼泪锁在眼眶里。甘宁固执地挡在阿亮的身前，但也不知道该说些什么。

"怎么躺在里面的人不是你！"

朱据非常愤怒地冲着阿亮讲出了这句话。师公看到这个情况，赶忙将朱据拉走了。陈到和姜维他们默默站在一旁。

二师哥的手术还算成功，但手术之后，人一直都没有醒过来。医生说，这个情况只能观察。什么时候能醒过来，就看患者的意志力了。听到这个消息，朱据觉得像晴天霹雳。

阿亮受伤后不能去上学，暂时办了休学。在家养伤的日子，他也是将自己关在房间里。丁奉、李恢他们轮流给阿亮送饭。在三个师弟当中，丁奉是跟阿亮走得最近的一个。丁奉虽然个子小小的，但人很机灵。朱师父常说丁奉像《水浒传》里的时迁，身手灵活，脑子转得也快。也正因为如此，丁奉也是一经堂里最偷懒耍滑的一个。

每次轮到丁奉来给阿亮送饭的时候，他总是会变着花样儿地将一经堂最近发生的事情讲给阿亮听，好纾解他的心情。丁奉像个说书人似的手舞足蹈，阿亮则木呆呆地看着他，偶尔配合着言不由衷的假笑。不过这并不会影响丁奉的表演热情。

阿亮的心里有太多的事情，很复杂，他理不顺。在二师哥的事故之后，朱师父和阿亮之间再没有讲过一句话，父子俩像是一个屋檐下的陌路人。甘宁和张承背地里来看过阿亮一次，但是感受到一经堂的那个气氛之后，他们就再也不敢来了。阿亮拆了石膏，能自如行动以后，照顾二师哥便成了他每日生活的重心。这样，他的心里也能好受一些。

阿亮每天早起，完成恢复性训练之后，就会到医院来照看二师哥马良。常常帮他擦洗身子，翻身。还会絮絮叨叨跟他讲一些有的没的。没词儿的时候，阿亮会照搬丁奉的词，讲给二师哥听。这都是医生嘱咐建议他去做的事情，有利于病人的恢复。

二师哥比阿亮大三岁，十岁上下来的一经堂。现在回想起来，那个时候无论对父亲、二师哥，还是对阿亮来说，都是机缘，好似前世注定了一样。

遇见二师哥马良的时候，是朱师父主理一经堂的第十二个年头。都说十二年是一个循环，那个时候朱师父要面对的恰好是大时代的变化。在日新月异的新时代里，他要如何带着一经堂继续前行，这是那个时候的他要应对的最大的问题。

恰好那一天，师公的一个老朋友宗预宗老板新铺开张，来请一经堂舞狮，讨个好彩头。宗老板提前三日下了请帖，他的家里是开药材行的，也是祖传的生意。一年多以前，宗老板忽感身体不适，但换了多少家医院，都得不出个明确的诊断结果。只能哪儿疼医哪儿，勉强维持着。不知是家人的悉心照料，还是宗老板的意志顽强，一年多以后，宗老板竟然不治而愈了。为了感谢祖师爷续命，宗老板决定新开一间分号，济世救人，广结善缘。为了这次舞狮，朱据提前做足了准备。

朱据当年舞的也是红狮，即关羽狮。为了能够帮宗老板讨个好彩头，朱据还特意设计了一个新的动作。但到了舞狮当天的现场，还是让朱据有些措手不及。就像复习了所有的考试范围，结果考的压根儿就不是这科一样。

朱据到了现场，看到的是一个已经摆好的青阵。之前在别的场合，朱据也见过青阵，但没见过与五行八卦和典故有关的青阵，更没有见过需要破解的青阵。朱据见过的青阵大部分都是比较简单的，像走宫格，能将步法顺下来就可以，但宗老板安排好的这个不是。师公罗宪看到这个青阵就笑了。

"你徒弟行不行啊？"

宗老板打趣道。

"冇问题。"

师公信心满满地说道。

"师父，我没见过这样的阵……"

"不怕，你按常破阵就好。这是你的造化，自己想。"

朱据一头雾水，但既然师父觉得自己可以，那就拿出自己的本事来。

朱据和师弟郭淮套上狮头后，迈着稳健的步伐，没有贸然上阵。朱据先是围着青阵转了一圈，做了一些狮子观察的动作。动作惟妙惟肖，围观的人群中不时有掌声和叫好声。青阵是一个由二三十条板凳围成的塔，塔的中央有一个高台，台子上放了一个大水桶。水桶中插着两三枝荷花和四五枝莲蓬。显然，最终要采的青，是水桶中的荷花和莲蓬。但是都采，还是只采一种？采一枝，还是几枝？朱据完全没有概念。为了配合这个青阵的风格，朱据和郭淮的步法也采用了莲花步。

朱据舞狮最大的特点，是活。狮子活灵活现，惟妙惟肖，好似真的一般。攀在板凳塔上的红狮，像一头俏皮可爱的巨猫，一条一条爬上一层一层的板凳。就在到达青阵高台之后，红狮先是做了几个休息洗脸的动作，继而从水桶中采下了一枝莲蓬。只见红狮衔着莲蓬，翻身一跃而下，摇着头欢欣鼓舞地将莲蓬交到了宗老板的手中。宗老板笑得合不拢嘴，将一个大大的红包塞给了红狮。

"你们一经堂人才辈出啊！"

"承让。"

师公说的明显是客套话，得意的表情挂在他的脸上。

收拾东西准备撤场的时候，师公悄悄问朱据：

"你知不知道这个青阵的寓意是什么？"

朱据很老实地摇了摇头。

"那你怎么最后采的是莲蓬，而不是荷花？"

"我只是想，莲子是药材，里面又有苦心，大概是宗老板想要表达的意思。"

师公笑了笑。

"你确实猜对了一半。这个青阵叫'莲生子'，出自哪吒托世的典故，寓意着重生。宗老板是借物、借典故来表达自己的心愿，而你也很好地帮他完成了这个心愿。"

"我这算不算是幸运蒙上了？"

"是机缘吧。看来你跟这个青阵也有缘分，能借它的光，就是不知道会应验在哪里。"

朱据心中思忖着，他自然是希望，如果真的有这个缘分，那么请马上应验在他最爱的那个人身上。

东西收拾得七七八八，大家也准备回武馆了。就在这个时候，朱据忽然远远看到一名少年慌不择路跑进对面的巷子里，后面有一群小混混追着他，手持凶器，为首的还拿着一把开山刀。

看到朱据目不转睛地盯着对面发生的一切,郭淮敲了他一下。

"不要多管闲事。"

朱据低头想了想,不顾郭淮的阻拦,还是走了过去。

"跑啊!你再跑!"

那群小混混中,一个拿着木棍的混混,对逃跑的少年叫嚣着。

这里是一个死胡同,逃跑的少年已经无路可退。

为首那个手里拿着开山刀的混混,步步逼近。他用力握紧了手中的刀,这也是他第一次动刀。猎物在他的面前瑟瑟发抖,但仍未求饶。身后的人也都在虎视眈眈地看着,看他敢不敢动手。

就在少年已经将刀挥起的时候,朱据跑进巷子,大喊了一声:

"你们在干什么?!"

所有人望向朱据,独独为首的少年还在死死盯着他眼前的猎物,只是暂停下了手上的动作,开山刀立在空中。

朱据身上穿着一经堂的衣服,这帮混混都认得。混混们知道武行都是带功夫的,不好惹,也不想惹。他们从来都是井水不犯河水,也就自觉给朱据让开了条道儿。

朱据挡在逃跑的少年身前，对为首的混混说：

"刀放下！"

混混没有动，直视着朱据的目光。

朱据转回头对身后的少年说：

"还不快走！"

有朱据镇着场面，其他小混混不敢轻举妄动。逃跑的少年一路奔逃，跑出了巷子。

"今天你插手了我们的事，你要知道后果！"

为首的混混警告朱据。

朱据上下打量着他，面前的少年不过十岁上下，他的身后有比他小的，也有比他大的。但他却成了他们的老大，手里还拿着与他的身材都不太成比例的开山刀。

朱据没有接他的话，而是笑了笑。

"这么小就出来混，混到几时算老？！"

"要你管！"

混混说着就提起开山刀向朱据挥去。朱据一个横踢过去，将开山刀踢飞，开山刀深深嵌入墙里。其他的人看到这个场面，知道朱据的功夫深，都默默作鸟兽散。

混混也想跑，但碍于面子没有动，两个人僵持在原地。

"你看，这就是你的那帮兄弟！"

朱据调笑地看着他，问道：

"你叫什么名？"

"行不更名，坐不改姓，我叫马良！怎样？！"

朱据笑了笑，拍了拍他的肩膀。

"想好好做人，好好学功夫，就来一经堂找我。"

说完独自离去。

一日黄昏，一经堂的师兄弟们正在院子里吃晚饭。一个满身伤痕的少年忽然出现在门口，是马良。

朱据看到他，好像并没有感到太惊讶。他走到门口，检视了一下马良身上的伤。

"不碍事，都是皮外伤。吃饭了没？"

少年摇了摇头。

"你跟我来。"

朱据将他招呼进去，带他到自己的房间里，拿出自己的衣服给他换上，又领着他到水房洗了把脸。

郭淮给马良盛了一碗饭。趁他正在吃饭的时候，郭淮将朱据拉到一边。

"你要留下他？"

"嗯。"

"怎么跟师父说？"

"嗯，我去讲。"

听过朱据讲的来龙去脉和他的想法，罗宪只是深深看了他一眼，笑了笑。

"一经堂由你主事也十二年了，这件事你不用问我，自己拿主意就好。"

"好。"

朱据正要离去，罗宪忽然想起什么地问他。

"你说你什么时候遇上他的？"

"咱们出宗老板的狮那天。"

"哦。"

马良正式成为了一经堂的一员。

彼时的一经堂，刚好也缺一个人。时年七岁的阿亮还小，每次出狮的时候，朱师父是狮头，郭淮从前是鼓手，现在变成了狮尾。张虎则接替郭淮做了鼓手。王基则一个人又是锣又是镲。

"六年了，家里也是时候添个人了。"

师公罗宪语重心长地对朱据说。

朱据知道师父的言外之意，但是在他的心里，那盏灯始终没有灭过。他要等那个人回来，他会等到那个人回来。而一经堂这么多年不招新，也是要给那个人留着位置。

师公心里知道，朱师父的那个缘分已经应验了，就是马良。

马良的身体条件很好，非常适合习武。而且对于习武之人来说最重要的一点，马良也具备，就是不怕摔。有的时候，朱据都会担心马良太拼了。

只有马良自己心里知道，他是在拼，拼的是要让师父朱据知道自己没有看走眼，拼的是上天给了他一个家。

马良很小的时候，父母就出去打工了。一开始隔个两三年，总会回来一趟。后来四五年就回来过一次，再后来就杳无音信了。从此，家里只剩下马良和阿嬷两个人。阿嬷年岁大了，眼睛不好使，总是看不清东西。做个饭，搞不好都会把家里点着。马良记得自己从六岁开始，就学着做饭了。读过了小学四年级，马良就不怎么好好读书了，经常逃学。学校知道他家里的情况，也没有更好的办法。救济，终究只能是一时。

自从小学三年级被人欺负，马良打回去，打赢了对方之后，他就成了学校这一带的孩子王。马良想好了，等他长大了，他就去混堂口，起码有饭吃，而且没有人再敢欺负他了。

"那天我们追的那个小孩儿，为了他，他的哥哥在我们学校门口欺负人。所以，我们那天才去围堵他。"

"那也不能举着开山刀满街跑，成什么样子！"

"是，徒弟知道了。"

朱据师父沉吟了一下。

"开学以后，好好读书。武馆可以供你，无论成绩好坏，把高中读完。现在是新时代了，没有文化是不行的。读书不是为了做学问，而是为了知礼。"

朱师父停顿了一下，继续说：

"如果你想读大学，也是可以的。全凭你自己。"

马良有些激动，不知道该说些什么好。

"什么都不用说了，没事的时候多回家看看阿嬷。如果你想把她接过来，也可以，武馆有的是地方住。"

"谢谢师父！"

"我信老一辈的道理：一日为师，终身为父。我和我的师父就是这样的。我对你没有别的期望，好好习武，好好做人。"

"是！徒弟记得了！"

没过多久，师公罗宪被邀请到体校做客座教学。

一套南拳打下来，现场的学生纷纷叫好。下课后，负责南拳教学的鲁肃老师十分激动，想邀请罗宪作为客座教授来体校固定教学。罗宪笑了笑，婉拒了。

"我一个过了花甲之年的老头子，力不从心了。传统的武术，学校还能教，孩子们还喜欢学，就是一大幸事了。偶尔邀请我，我就来玩一玩。固定上班，我一辈子都没上过。再说……"

朱据知道师父心里的担忧。时代变了，从一次意外，罗宪受了伤，再也不能舞狮之后，他就转攻做狮头。如今大的时代在变，人们的观念也在变，正是经济形势好的时候，人们更想追求的是物质和生活条件上的变化。再来花时间，十年如一日地磨功夫，恐怕没人肯干了。而罗宪愁的，正是做狮头的事情眼看也要后继无人了。

听了罗宪这么说，鲁老师也不方便再说什么。朱据看了一下学校的教学环境，鲁老师忽然想到什么，提议说：

"我们今年的招生马上开始了，你要不要考虑看看？"

"我考虑什么？"

朱据一头雾水。

"你儿子，你打算自己教？"

"哦，你说的是这个。"

"你之前不是还跑来问我，现在学校都是怎么教的？"

朱据沉默了半晌，没有接话。

罗宪的担忧，朱据不是没有。这些年虽然一经堂没有主动招新，但是行业的变化，朱据也是看在眼里的。一经堂如何能够随着时代而动，他还没想到。虽然师弟们也都二十多岁正当年，而自己也刚刚收入了第一位徒弟，算是给一经堂有了延续。但无论是从一经堂自身，还是从其他武馆的现状来看，朱据都能看到的一个现象是习武的孩子越来越少了。马良是特例，阿亮也是特例。

思忖半宿，朱据还是去敲了自己师父的房门。

"你一有事，就爱半夜来敲我的房门。什么事不能等到明天早上再说？非要扰我的清梦。"

"对不起，师父。"

罗宪看朱据低着头，一脸无措的表情。

"说事情。"

"师父，我想把两个孩子中的一个，送到体校去。"

"接着说。"

"十年以后的一经堂什么样子，我想不到，也想象不出来。我不能就这样等着到那一天来告诉我结果。"

"这是你的绸缪？"

"是。"

"嗯。……那你打算送谁去？"

"我还不知道。"

罗宪起身泡了一壶茶，索性也就不睡了。

"但凡做这种决定，拿好了主意，就要一心一意。"

朱据懂师父说的意思。略思忖，便接口说道：

"阿亮和马良都是正刚好的年纪，两个人的身体条件也都不错。阿亮聪明，有天资，就是皮了些，爱耍小聪明。马良有着他这个年纪不该有的成熟，勤奋、肯吃苦，练功上也有灵性。从进益上来说，马良的进步是要比阿亮大很多的。"

罗宪听了徒弟朱据的这番分析，点了点头。

"那么，你觉得谁更能胜任你想要试验的那个结果呢？"

阿亮伏在二师哥的病床边。

"爸爸把我送到了体校。他觉得我是他的儿子，离开了一经堂，我也还是他的儿子。可你不一样，你就是一经堂的人，你不能离开一经堂。"

二师哥没有回应，就那么静静地躺在那里。

阿亮忽然站起来，对躺在床上的二师哥吼道：

"你别再躺着了！你已经躺了四个月了！我能想象爸爸当初做的那个决定下了多大的决心，我也知道他赌上的是什么，所以我能理解他今天为什么这么生气，你们所有人都可以生我的气！但是我求求你，你醒过来好不好……"

阿亮歇斯底里地哭喊着，不知道什么时候来到医院的甘宁，默默地站在门口，看到了这一切。

"我给二师哥算了一副塔罗牌，牌面上显示二师哥很快就会醒过来的。"

在陪阿亮回一经堂的路上，甘宁对他说。

"你瞎掰的吧？"

"我算塔罗牌很准的！你知道的啊！"

阿亮不作声。

"你打起精神来嘛！你要是天天这个样子，我是二师哥，看到你我也不想醒过来。"

"我是真的不知道该怎么办了……"

阿亮沮丧地说。

"一天，一时一刻，我都扛不下去了。"

甘宁抱了抱阿亮。忽然一个念头在甘宁脑海中闪过。

"要不我们试试玄学吧？！"

　　　"玄学？"

　　　"是啊，招儿不怕旧，管用就行！"

　　　"这就是你说的玄学啊！！"

　　甘宁带阿亮来到了一个庙里，这座私人庙宇提供萨满法师课业咨询和三太子祈福仪式服务，也就是俗称的，跳大神和扶乩。

　　　"你这都是什么啊，你这是封建迷信！"

　　甘宁赶忙把阿亮从人前拉开。

　　　"大哥！你小点儿声行不行！人家不要面子吗？！"

　　阿亮撇撇嘴。

　　　"那你现在有更好的办法吗？"

　　　"你这个方法，跟我去祠堂里罚跪作用差不多。"

　　　"那你去罚跪吧！"

　　气得甘宁也不想再去搭理他。临走的时候，甘宁对阿亮说：

　　　"我跟你说，你那个破腿可刚好！"

　　阿亮回到一经堂的时候，丁奉正在举着狮头训练。

　　丁奉一直是负责锣的，虽然身形小巧，也适合练舞狮。但是丁奉吃不得苦，每每练功的时候，偷懒耍滑，真让他来挑起狮头的担子，朱师父多少有些赶鸭子上架了。

阿亮看到丁奉吃力的样子，终究是功夫不到，不仅频频失误，还从梅花桩上摔了下来，摔破了手肘，疼得他龇牙咧嘴的。

阿亮低着头，顺着回廊快速走过前院，回到自己房间。

过了两天，朱据师父终于决定扩充舞狮队的人手了，这是在晚饭桌上宣布的。阿亮默默听着，内心有些激动又紧张，心跳都加快了。无论如何，他都想试一试。也许爸爸会看在一经堂营生的面子上，同意让他加入狮队，这样他的心里或许会好受一些。有些事情做，也不会让他一味困在二师哥的病床前，再这样下去，他真的要疯了。

"不行。"
朱师父简短、直接、坚决地拒绝了阿亮。

晚饭后，众人各回房间休息了，阿亮一个人默默来到后院的祠堂。阿亮给青狮祠的狮头上了香，跪在蒲团上。阿亮的心中默默对着青狮祈祷，祈祷着二师哥可以立刻、马上醒过来。

不知道过了多久，也不知道什么时候，阿亮在祠堂里睡着了。没有人来喊他，也没有人来找他。阿亮醒过来的时候，天已经黑透了。跪了太久，腿有些麻，阿亮一下子没有站起来。扶着刚刚康复的腿，阿亮脑海中想起了甘宁骂他的样子，他低头笑了笑。倏然间，阿亮听到一声低吼，是狮子一般的低吼。这声音是从哪儿来的？不记得家附近有动物园之类的地方。

阿亮一惊。难道真的是自己把神明跪出来了？！神明显灵了？！

阿亮抬头看了看那座已经有些残破的青狮狮头，又看了看四周，静静等了一会儿。刚刚那一声低吼再也没有出现，四周鸦雀无声，黑漆漆一片。

半夜，罗宪来到朱据的房间门口，敲了敲门。

"师父。"

"还没睡啊？"

罗宪一边说，一边迈进屋内。

"我在写武馆的招新启事。师父怎么也还没睡？"

"既然你在忙，我就开门见山。这几个月一经堂没有什么生意，找上门的，你也婉拒了。没有阿良在，是比较难。以你我的年纪，是不大可能再上场舞狮了，别的还在其次，让人看了笑话。"

朱据懂师父的意思。

"我来找你，是想跟你说，我知道你在等阿良，但阿良即便此刻就醒过来，这段时间卧床，身体也需要调养。一经堂上一次青黄不接的时候，你遇见了阿良。这一次，就当给自己儿子一个机会吧。"

朱据知道，师父总是会在自己太执着于某件事情的时候，来点醒自己。执念，是自己的优点，也是缺点。

一经堂的招新启事贴了出来。

晨练的时候，朱师父宣布了两件事情。

"一件是，一经堂正式开始招新，在阿良暂时不在的这段时间，一经堂的运营不能停，所以需要招收新人来扩充一经堂的队伍。另外一件……"

说到这里，朱师父看了一眼正灰溜溜准备出门的阿亮。

"阿亮！"

"在！"

阿亮听到爸爸叫自己的名字，下意识地转过身应答。

"在招到新人之前，阿亮暂时跟着舞狮队一起训练。"

阿亮惊呆了，他没有想到爸爸会允许自己加入狮队。明明他昨晚就拒绝了自己！

　　听到师父的宣布，姜维、丁奉和李恢也很开心！毕竟谁也不想一经堂每天都乌云密布，怪压抑的。三个人跑上前将阿亮围作一团，陈到在稍远处站着，看着他们。

　　三个人围着阿亮正在高兴的时候，一个身影出现在了一经堂门口。那个人手里攥着一张大红纸，正是早起朱师父刚贴到门口的招新启事。

　　罗青云和朱据站在神武堂的门口。罗青云的手里拿着一张红色的拜帖，是战书，踢馆的战书。

　　"踢馆？！你们一经堂眼里是没有别人了是吧！"

　　神武堂的掌事是曹仁师父，刚刚说话的是他的大徒弟曹洪。

　　"人家来踢馆，神武堂没有不接的道理。战书我们接了，不知道一经堂想怎么比？"

　　"请曹师父见谅！为了一经堂，我这是没有办法的下下策。天后诞之后，没有人再敢找一经堂做生意，外面的人不知道，以为是我一经堂不行了。今天我要证明的，就是这件事。"

　　罗青云掷地有声地边说，边走进神武堂。

　　"比舞狮或者比武术，神武堂随意。今天若是我赢了，则证明一经堂的功夫是有名有姓的。既然如此，一经堂没有生意，那就不是功夫的问题！"

　　在没有人找一经堂做生意这件事情上，大家心知肚明。只是没想到，罗青云能把一件心照不宣的事情，放到了台面上来论。

　　功夫，是一定要比的了。

　　既然罗青云有这个勇气单枪匹马来踢馆，神武堂的掌事也没有惯着她。

"上门都是客，要是招待不周就是我神武堂的不是了。"

曹师父给了徒弟一个眼神示意。

"我来跟你比武术，比完了武术，我们再说舞狮的事情。"

神武堂大徒弟曹洪说道。

听到神武堂的人说两项都要比，朱据有些紧张，担心青云应付不下来。

"好！请赐招。"

"哼，听说一经堂的南拳厉害，今天得机会领教了！"

说完，曹洪率先出招。

神武堂的武术是硬桥硬马的打法，主打象形拳，同时融合了北方的形意拳。一拳出去，若是接不住，杀伤力是极大的。而且有着拳变掌，掌变指的灵活打法。青云擅长的是南拳和太极，能以柔克刚，以刚制柔，打法的变化也是十分灵活。

神武堂的学徒们兴致勃勃地围在一边，想要看一场精彩绝伦的比试。虽然说罗青云是女仔，破了在天后诞舞狮的规矩，但毕竟是一经堂前堂主的女儿，功夫都是亲传。大家对罗青云的武艺还是有些期许和认可的。一般时日里，也很难见到。这样的场合，与其说是应战踢馆，不如说让他们刚好有了一个开眼的机会。

三招下来，罗青云就已经占了上风。青云的长处是身材比曹洪娇小，行动灵活，跳跃力极好。曹洪出招的时候，根本就抓不住她，且反而被青云处处偷袭。青云在整个比试的过程中，一直处于高曹洪三分之一个身位的水平线上。应对曹洪这样硬桥硬马的下盘功夫，青云采用的策略是放弃下盘，攻他的上方。

如今比武不像过去。过去的比试基本上都是一招致命，要么赢，要么死。现在毕竟是现代社会了，讲究的是点到为止。比试之前双方都会在手上抹上一些镁粉，比试过程中点到之处做以标记，最后以标记多少、致命程度论胜负。

罗青云也是照顾了一下神武堂的面子，与曹洪打了将近十个回合才罢手。青云的胜，是显而易见的，她让曹洪无处发力。曹洪败得也不难看，且心服口服。

"承让！"

这一轮结束后，罗青云还未及休息，曹师父就点了下一场比试的人选。这是曹师父的策略。

曹洪听到师父马上点出另外两位师弟出列比试舞

狮的时候，有些惊讶。原来曹师父就是想利用曹洪来消耗青云的体力。

"我托着你，你不必太拼。"

朱据悄声对青云说。青云只是点了点头。

罗青云舞的还是那一头惹得众议的青狮。舞青狮是罗青云的梦想，为此她努力了很多年，终于自己的武艺配得上舞青狮的时候，却没想到一亮相就是遭到反对的结局。青云不甘心。从哪里遭到的否定，青云就要带着她的青狮从哪里闯过去。这就是罗青云。即便后来的人生，终究是她始料未及的。

这一场舞狮的比试，曹师父命人在院子中央摆了几个条凳。比的是两头狮子上山过桥，狭路相逢。谁先掉下来，谁就输了。

从亮相开始，神武堂就赚足了噱头。神武堂派出的是娄圭和王修，两人擅长跳跃。跟上一场比试相反，这一次他们占领了跳跃的高地。罗青云笑了笑，比的本就是高山流水，跳那么高是有风险的。

神武堂舞的是黄狮——刘备狮。黄狮一个翻身上了条凳。这边青云和朱据的青狮则一个托举跳跃上了条凳。紧接着，黄狮发起攻击，率先占领了高地。准备一个俯身冲向青狮的时候，青云与朱据配合，又是一个金鸡独立躲过了黄狮的攻击。青云转而攻黄狮狮头的下盘。

青云咬紧了对手，使出了自己擅长的下盘功夫，步步紧逼。围观的人只看到两头狮子头顶着头，像跳皮影戏一样你进我退，你退我进。因为条凳的空间窄，又以掉下去论输赢，所以上凳之前青云就想好了以近身打法应对。

果然几个回合下来，对方已经退无可退。为了不输得太难看，娄圭和王修主动选择了以翻筋斗的方式下凳，完成了这一场比试。站在条凳最高处的青云，透过狮头，俯视着场下的人们。这一场踢馆，她赢了。

罗宪从老家回来，得知了这件事情，大发雷霆。

"幼稚！你也是十六岁的人了，这些年社会上的事情你也没少看，怎么能这么幼稚！"

罗青云想要解释，被朱据拦下了。

"你以为你踢赢了神武堂，前面的事情就可以解决了吗？！"

罗宪不是一个易怒的人，青云的脾气则更像已经去世的妈妈。罗宪喝了一口茶，心中越想越气，便一下子摔了茶杯。师父发这么大的脾气，朱据还是第一次见。

"你们如此不通人情世故,我要怎么把一经堂交给你们?!她是个孩子,可你是个大人了,你怎么能由着她乱来?!"

罗宪的矛头又指向了朱据。朱据此刻倒是乖顺,马上跪了下来。

"师父,我错了。"

"我不能让行业里的人只觉得一经堂这些年一家独大,我们是绝对有资格担当天后诞的。我还要让行业里的人都知道,时代变了,只要有那个能力,女孩子就可以在天后诞舞狮!"

青云解释给父亲听。

"你觉得你证明自己了?"

"是的!"

"那你觉得他们接受一经堂了吗?"

青云答不上来,因为她不知道。

"我根本不在乎他们是否接受一经堂的做法。你是我的女儿,你想要舞青狮,我比任何人都更清楚地看着你怎么一步一步走到今天的。对我来说,唯一重要的,是你可以舞青狮,做你想做的事情。在我的心里,你根本不需要去证明什么给别人看。"

罗宪走到房檐下,抬头望向天空。天渐渐有些阴沉，要下雨了。

"天后诞在我的心里，算不上什么。一经堂的行业地位，也算不上什么。时代要变了，墨守成规，走不到明天。不管是武艺还是舞狮，再不给自己一个野蛮生长的机会，就要与这个世界错过了。我们已经慢了。"

朱据懂师父的意思。

"这个世界不是只有天后诞，也不是只有舞狮。跨出这一步，那才是你的世界。"

罗宪语重心长地对青云说道。罗青云听着，下意识地握紧了拳头。朱据看着她，不知道此刻她心里在想些什么。

"错既然犯了，罚还是要罚的。我走之前分明嘱咐过朱据，要看好家，照看好师弟师妹们。你没有做到。"

"是，徒弟领罚。"

"爸！这是我的主意……"

罗宪伸出手示意，打断了青云的话。

"他是一经堂的主事，经受不住你的怂恿，跟你一起犯错，我只罚他，你看着。这一切都是你造成的，他受罚是受你的连累，你要记住。身上的伤，养两天就好了，不疼了，也就忘。心里欠的债，你会一直记着。"

罗宪说完，命令郭淮和张虎搬来条凳，拿来家法。

所谓家法,就是教育人用的工具,现在大多是笤帚疙瘩或者擀面杖。一经堂这种有传承的武馆里,是有自己的教育工具的。一经堂的家法乍一看像是一根粗粗的螺纹短棍,细看之下是藤条编的,有些年头了,都包浆了。

朱据自觉地趴了上去。郭淮有些心疼他,主动跟师父请命由他来执行。罗宪拒绝了他,知道他会放水。

罗宪亲自动手,打了朱据二十棍家法。师父功力深厚,每一下打在身上,都让朱据抖三抖。

罗宪打完了,郭淮和张虎用竹床将朱据抬回房间。在朱据挨打的过程中,从不掉一滴泪的罗青云,眼泪则一直在眼眶里打转转,只是强忍着没有掉下来。

夜深人静的时候,罗青云偷偷拿着云南白药来到朱据的房间。朱据害羞,不肯让青云给他上药。两个人就这么静静地坐了一会儿。

"对不起……"

朱据笑了笑。

"你跟着爸爸的时候,我都还没出生。从小到大,爸对你视如己出。练功最苦的时候,我都没见他打过你。今天为了我,反而让你挨了打……"

"不是为你。"

朱据说完，想要挣扎着换条胳膊撑着。青云赶忙站起来扶着他。

"这顿打，不是为你。"

青云不解。

"师父打我，是为我想不透一经堂的将来。一经堂交到我的手上两年了，这两年比之前师父掌事的时候，不功不过，不好不坏。一经堂没有变，可时代变了。"

朱据略一停顿。

"要不是师父两年前出了意外，不能够再掌事一经堂，也轮不到二十岁的我就要接这个班。师父看重我，他对我是有期望的。我跟你去神武堂踢馆，不都是为了你，我的私心里也是希望能够通过这种方式解决一经堂眼前的困境。"

朱据深深地凝视了一眼青云。

"说来羞愧，要不是你，我自己一点主意都没有。是我辜负了师父的期望。我不仅没有解决一经堂眼前困境的方法，我连一经堂的未来都看不到。你说，我该不该打？！"

青云没有接话，她不知道要怎么安慰朱据师哥，他身上的担子太重，那不是她能置喙的。她不敢去想，也不愿去想。罗青云只想舞狮，她的青狮。

舞狮协会的议事厅里，几家武馆的人都在。神武堂的曹师父正在发言。

"一经堂的罗青云来踢馆，她赢了，我心服口服。"

"一经堂下一个要踢谁？"

"整个儿行业挨个儿踢一遍吗？一经堂眼里没人了啊！"

这几家武馆的掌事你一言我一语，罗宪坐在一边默不作声。

"老罗，说句话吧？"

罗宪笑了笑，依旧不说话。他不说话，这事儿就没个结论。几家武馆暗地里排挤一经堂的事情，总不能拿到明面儿上来说。

"现在什么年代了，还有踢馆的说法吗？"

所有人都齐齐看向门口，只见一个人迈着有力的步子走了进来。

来者看年纪，八十岁上下。穿着一身普通的深灰色中式服装，脚上着一双灰色便鞋。倒背着双手，精神奕奕，不紧不慢。他是陆逊，算是在座所有武馆掌事的前辈。是他一手创下的一经堂，并传给了罗宪。

"师父！"

"今天人这么齐啊！"

舞狮协会的会长看到陆逊来了，也赶忙起身迎接。

陆逊已经退休有些年头了，为了天后诞和一经堂的事情能再出现，也算是给了行业里的各家一个很大的面子。其实罗宪自己心里也知道，事情到了这个份上。要么就像他自己，打定了主意，你们爱怎样就怎样，我一经堂还能因为这点事情就饿死了不成？！要么就像此刻这样，行业的前辈出来平事，这事儿不过去也得过去了。这个时候的武行，对从前的规矩还是买单的。

从陆逊来了之后，大家就只东扯西扯地闲聊、叙旧，再没提起过天后诞舞狮和罗青云踢馆的事情。

晚上陆逊回到一经堂，看到如今的徒孙辈们，不禁有些感慨。

"时间过得真快，一晃快三十年了。"

众人随陆逊来到后院的祠堂，祠堂里供奉的是洪熙官的画像，也就是一经堂所承洪拳的创始人。

众人随陆逊上香后，大家一起开开心心吃了一顿团圆饭。

饭后陆逊单独将罗宪和朱据叫到客房里。

"一经堂到了朱据的手上，已经第三代了。这些年风风雨雨过来，你们也是很不容易。哪天我真去见了师祖，也算有个交代。"

"师父别这么说。"

"从前总觉得，我们比你们难。毕竟那个时候，明天是死是活都不知道。现在看来，你们又比我们难。我们难在生计，你们难在创新。现在这个时代，没有想法，寸步难行。不思进取，是连生存机会都没有的。时代不会等你。可到处都是机会，又会让人迷失了方向。"

罗宪和朱据默默听着，师祖陆逊的一番话，朱据听到了心里。

"不过，那都是你们年轻人的事了。我一个老头子，过好我的晚年生活就好咯。"

"师父老当益壮……"

"你不用恭维我，你这个人啊，不开口，开口就是油腔滑调的。恭维人的话，能就这么脸不红心不跳地说出来。"

陆逊挤对了罗宪一下，罗宪笑了笑也不反驳。罗宪知道，这正是当年师父将一经堂交给自己的原因之一。因为他不像大部分习武之人那般张扬，总是不言不语的。可话出口了，又透着世故圆滑。在那样的年代，罗宪这样的人，能够保住一经堂。但如今，朱据能不能带着一经堂继续走下去，还是个未知数。

　　陆逊要休息了，罗宪和朱据起身出去，走到门口的时候，陆逊忽然问起：

　　"青云，今年有十六了吧？"

　　"嗯。"

　　"蛮好蛮好！听说她武艺和舞狮都很好？"

　　"不敢说，但舞青狮，她是可以的。"

　　"嗯，那就好。哪天有机会，我跟她过两招玩玩。很久没有跟人比试了。"

　　看罗宪没说话，陆逊接着说道：

　　"你怕我吓着她？！放心吧，她不知怕的。"

　　陆逊的出现换来了短暂的平和。一经堂又重新接到了舞狮的生意。但且放下行业里的纷争，抬起头望望四下，却发现时代变得太快了。

　　"这一个月关了两家武馆。"

　　"没有办法，现在是赚钱的好时候，很多人都出去打工了，谁还守着刀枪棍棒过日子？！"

　　"先出去的那一批，都已经赚了钱回来了！"

　　"你心动了？"

　　"你胡说什么！"

　　"你这么激动干什么？我说中了你的心思吗？"

　　"好了，别吵了！"

"老实说，现在生意倒是好做，开业庆典、商演天天有，但是干我们这行的越来越少了，大家都不想吃苦了，能轻轻松松把钱赚了，谁还想吃卖力气的苦。"

"我们这不单单是做生意，是文化传承！"

"在金钱的面前，说这个有用吗？生活是现实的啊！"

"总感觉别人已经是下一个世纪了，我们还活在古代……"

"反正，我们跟他们不一样！"

"是啊，那运动员也是卖力气！"

"人家那是国家荣誉，你别跟运动员比啊！"

"我们也是荣誉，到哪天这个世界没有武馆了，我们就是最后一家！"

"我们能不能撑到那个时候都还不知道……"

"好了！"

罗青云听不下去了。

"要么好好练功，要么马上走！"

听着他们这么吵，朱据一句话都没有说。朱据知道，捂住自己人的嘴，是没有用的。嘴上不说出来，心里也会这么想。他需要做的，是拿一个办法出来。

开业庆典的舞狮生意越来越多，不仅是本地的、外地的一些大老板有这个需求，很多外资企业也入乡随俗，邀请一经堂去舞狮。一经堂忙到不可开交。

这一天朱据带队，到一家外资公司开会。

"舞狮就舞狮，下个帖子就行了，为什么还要开会？"

"这是人家外企的规矩，别抱怨了。"

他们到了外企公司，这家公司是做重工机械的。公司在一间很高档的写字楼里面，内部的装潢非常现代化，前台的姑娘漂亮、热情、职业，接待礼仪一板一眼。

前台将朱据、郭淮、罗青云领到一间大会议室里面，并送上了气泡水和小零食。

"你们稍坐一下，我去请我们的市场经理过来。"

朱据点头示意。

过了不一会儿，一个穿着时髦的女士推门进来。

"你们好，我是卡勒公司的市场经理，我叫 Nancy。下个月，我们跟国内几家首批代理商公司会有一个签约仪式，这对我们来说是一场非常重要的活动，所以我们想请你们来舞狮庆贺一下，听说你们是这个行业里面最好的。"

"谢谢，过誉了。"朱据自谦地说。

Nancy 程式化地微笑了一下，继续说道：

"不过按照公司的要求，我们对外的服务采购需要进行竞标。"

"竞标？"

"就是你们要跟另外几家狮队PK，赢的队伍可以拿下我们的标。"

"你们太侮辱人了吧！"

一向在外人看来老成持重的郭淮都没忍住，直接脱口而出，拍案而起。反而是朱据和青云，看起来更冷静些。

"这位先生，你先冷静一下。我说的是我们公司的流程，你也知道，我们这样的公司内部是需要具有公开透明的流程的。我也只是给公司打工而已，公司既然有这个规定，就需要遵守。不过，我对你们的实力是有所耳闻的，如果你们真如传闻所说的话，我想一个PK的流程也难不倒你们。最终这个标，我有信心还是属于你们的。"

Nancy带着平静的语气，用一种不远不近、毫无情绪波澜的口吻向郭淮他们解释道。朱据沉吟片刻，思忖了一下。

"南希经理，你说的话，我听懂了。我理解你所说的公司规定，不过我们武行也有我们自己的规矩。我们不会为了赚钱，而跟同行之间产生竞争。实在不好意思，这一次的竞标我们就不参加了。"

说罢，朱据带着郭淮和罗青云准备起身告辞。Nancy

"但咱们的合同里面并没有约束这一点，不是吗？"

朱据愣住了，是的，他不懂合同法是什么。这一刻又让他清醒地意识到，他距离真正成为一经堂的掌事，还有很远的路要走。

"多少钱？"

"什么？"

"我需要赔给你多少钱？"

"你这又是何必呢，那对你们来说不是一笔小数目。"

"你把账单寄给我吧，你知道我的地址。"

说完，朱据兀自离开了。

回到一经堂，朱据不敢把今天的事情告诉师父。但他们收工这么早就回来了，师父也猜到了八九分。大概是不顺利的。

夜晚，青云睡不着。青云的房间挨着祠堂，单独在一处。一则因为她是女孩子，跟其他师兄弟们住得有段距离，比较方便。二则她喜欢独处、思考。罗宪有时也不知道自己的女儿在想些什么，只当是孩子大了，有自己的主意。

青云顺着窗户爬出来，爬到祠堂的屋顶上。这是大逆不道的行为，但是没人看见，也就无所谓了。一经堂的后面，是一大片空旷。在这个角度看月光，是最美的。

罗青云望着月光发呆。师哥跟南希经理的对话，青云听见了。在师哥去找南希经理理论的时候，她就悄悄跟了上去。可师哥回来之后，对于违约金的事情只字未提。青云知道，他大概是想自己扛下来。可是，他又哪里有其他收入呢？今天的事情之后，青云渐渐懂了父亲和师哥的心事。那是个大课题，从前总觉得与自己无关，对她来说，练好自己的武学修为比什么都重要。如今不是了，她开始朦朦胧胧地感觉到，在她和她的青狮之外，确实还有一个更大的世界。从前父亲批评她的时候，她还不觉得。而如今，望着这月光，她想，她和她的青狮，到底能走多远，又会走到哪里去呢？

姜维先看到门口站着一个人，手里攥着一大张红纸。

"你找谁？"

随着姜维的声音，大家齐齐看向门口。

门口站着一个漂亮的女仔，此时高高举起手里那一大张招新启事。

"我来应征学徒！"

众人面面相觑，看向师父朱据。

朱据走过来，打量了一下这个女仔：

"你应征就应征，揭我的招新启事干什么？"

女仔看了看朱据：

"你上面写就招一个。"

"哇，好自信喔！"

丁奉在一旁跟姜维、李恢和阿亮窃窃私语。阿亮凝视着这个初来乍到者。

经过简单的体能和动作测试后，朱据师父问道：

"以前学过功夫？"

"只学过跆拳道。"

　　"花拳绣腿！"

　　丁奉小声嘀咕了一句。他的心里有一部分是替阿亮不平，好不容易有机会回归一经堂，又杀出个程咬金来。所以从第一眼，丁奉就不喜欢这个嚣张的女仔。

　　"跟中国的传统武术比起来，跆拳道是花拳绣腿了一点。但功夫本身没有贵贱之分，只是看学的人自身修为的造诣高低了。"

　　女仔听见了丁奉的揶揄，回掼道。

　　"越来越没规矩了！"

　　朱据师父瞪了丁奉一眼。丁奉不言语了。

　　经过简单的测试，女仔的身形、耐力、灵活度和体能都很好。从身体条件来说，是适合习武的材料。朱据准备留下她。

　　"多大年纪了？"

　　"十九。"

　　"读大学？"

　　"不读了，高中毕业就不读了。"

　　"以后有什么打算？"

　　"打算舞狮。"

　　朱据看着眼前的女仔，心里思量，怕就怕是一时兴起。

"叫什么名字？"

"钟繇。"

朱师父让陈到给钟繇做一个简单的登记。

"你的证件。"

钟繇从包里掏出证件，是一本护照。

"外国籍？"

"我家是禅城的，七岁的时候跟爸妈去了国外。我长大了，就一个人回来了。"

陈到看了师父一眼，师父没说什么。陈到又低头继续给钟繇做完了登记。

"试学三天，管吃管住。三天过后，是那块材料，扛得住就留下，扛不住就走人。"

陈到一边把护照递回给钟繇，一边毫无感情色彩地说。

朱据听陈到这么讲话，眉头一皱。心里想，怎么连这小子都这样？

陈到比马良还要大三岁，比马良晚一年来到一经堂。

陈到长得人高马大，憨厚老实。虽不及马良有灵性，但是肯吃苦。他来到一经堂的时候，这一辈就还只有他跟马良两个人。所以，这两个人是从小一起搭班子长大的。其实在陈到的心里，是怨阿亮的。不管阿亮是谁的儿子。现在他的"狮头"躺在医院的病床上，他成了挂单的狮尾，他不高兴。对于他的怨，朱据师父是知道的。只是，觉得他憨厚，想通过找到一个暂时替代马良的狮头，让陈到可以尽快回到舞狮场上，来安抚他。但朱据不知道，陈到情愿就这么一直等着马良。所谓搭档，不是有个人搭班子就行了的。

所以无论是阿亮还是钟鑫，陈到都不喜欢。

钟鑫对于负面情绪有一种钝感力，陈到的话，她全当没有听到。收好了证件，开开心心地站到了队伍里。

"这三天，你先跟着大家一起训练。等一下休息的时候，让大师哥陈到带你去领练功服。顺便帮你安排住的地方。"

钟鑫跟着陈到、姜维、丁奉、李恢和阿亮一起练了一天。到了晚上的时候，还活蹦乱跳的。丁奉看了，有些气，偷偷跟大师哥说：

"明天加强度，看练不倒她！"

"她没事，你先倒下了。"

姜维调侃丁奉说。

"你到底是哪边儿的？！"

"幼稚！"

"你说谁幼稚？！"

说着，丁奉就要上去跟姜维扭打起来。要是平常的日子里，姜维也不大会调侃谁。他是一经堂有名的独善其身的主儿。姜维一开始来到一经堂的时候，所有人都没有想到他会留下来。问他有多喜欢舞狮吗，也没有。只是因为从小身体不好，就被父母送过来锻炼锻炼。问他觉得打鼓无聊吗，也不会，他觉得打鼓还蛮适合自己的。主要是不危险，练功也没有那么苦。一开始大家都觉得姜维即便留下了，可能也会随时离开。但没想到，竟然一待也是好几年。今天姜维会招惹丁奉，也是最近一经堂连续发生的事情，让他觉得烦躁，无处宣泄。只能找这个最没心没肺的丁奉下嘴。而一直站在一旁的阿亮，则一整天都默不作声。

吃过晚饭，师公罗宪回到自己东厢的工作间，继续完成扎狮头的工作。

现在还会扎狮头的人越来越少了，老一辈的人去世之后，后辈没有再干这个的了。苦，收入不高。但舞狮，总是需要狮头的，总要有人来做这个事情。所以师

公的单子就越来越多，不接也没有办法。师公只能日以
继夜地干。朱据很担心他的身体，也在想着给他找一个
徒弟或者帮手，但很难。

"年轻人坐不住，没有耐性。做狮头又不容易出人
头地，年纪轻轻的，大把的时光都投注到这方寸的工作
间里，外面的世界何其大，得不偿失。"

每每提及此事，师公也总是这么宽慰朱据。

"当年要不是我受伤了提前退休，我也不会选择扎
狮头……"

每次说到这里，师公的话便打住了。

钟鑫一个人，东晃晃西逛逛，她也不怕生。

钟鑫走到师公的工作间门口，鬼鬼祟祟地向里面
张望。师公抬头看见了她，招手让她进去。

钟鑫看到师公工作间里摆着各种工具、材料，还
有满墙的狮头照片，什么颜色的都有。

"师公，我什么时候可以舞狮呀？"

"等你功夫到了的时候，就可以了。先练好基本功。"

"那我可以舞个粉色的狮子吗？"

师公听了钟鑫的话，笑了，反问道：

"你知道舞狮有几种吗？"

钟鑫想了想。

"我大概知道。"

"说来听听？"

"红的、黄的……"

"没啦？"

"嘿嘿。"

钟蘂狡黠地笑了笑。

师公耐心地给钟蘂讲解道：

"传统舞狮，脱胎于三国。主要有六种狮子，分别代表不同的人物。有刘关张，黄忠赵云马超。分别以红黄青白黑等不同颜色来装饰。"

这是钟蘂第一次听到关于舞狮的传统。她一边听着师公的讲解，一边细细看着墙上的这些图片。忽然，钟蘂看到一幅黑狮的图片，图片上黑狮的鬃毛随风飘荡，黑狮神采奕奕，面相凶狠，其中一只耳朵还少了半个。

"师公，这是什么狮？好酷喔！"

师公透过老花镜的上方看了一眼。

"那是张飞狮。"

"张飞？"

"对，就是'当阳桥前一声吼，喝断了桥梁水倒流'的张飞。"

"它的耳朵怎么少了半个？"

"打架打的。"

"哈哈哈，好可爱！"

"张飞狮好胜斗狠，爱打架，耳朵都让人家打掉半个。这是它的标志。"

"师公！我要舞张飞狮！"

"不要粉色的了？"

师公戏谑地看着钟鹾。

"不要了！"

"但一般人是舞不了张飞狮的。没点功夫在身上，没有人敢舞张飞狮。"

"为什么？"

"人家看你舞好胜斗狠的张飞狮，必然是有点功夫在身上，不然耳朵怎么会打掉半个。那功夫一般的，不跟你比，可功夫比你好的，必然就要较量较量了。"

"喔哦，原来是这样！那我要好好练功！我要舞到张飞狮！如果师父说我可以了，师公要扎个狮头给我！"

师公只是笑呵呵地看着她。

"行。"

后来证明，钟鹾确实如她自己所说的一般，好胜斗狠。

一晃就是半个月过去了，钟鹾逐渐摸清了一经堂狮队的情况。

一个二师哥马良躺在医院里，大师哥陈到是狮尾，三师哥姜维是鼓手，排行第四的丁奉跟自己同岁，负责锣，最小的师弟李恢负责镲。而自己跟阿亮一样，都是狮头的预备役选手。钟繇也知道了，阿亮是朱据师父的独生子，但不是一经堂的人。她不知道之前具体发生过什么，只知道阿亮休学了一个学期，在家里养伤，平日里兼着跟狮队一起训练。

虽然心里摸清了这一层关系，但是以钟繇的性子，她才不管阿亮是谁的儿子！她要做那个狮头！

平日的训练里，钟繇十分用功。师父朱据也并没有因为她是女仔而对她放水，对钟繇的要求和其他师兄弟是一样的。钟繇因为小的时候练过跆拳道，所以身体的柔韧性和灵活度都很好，耐力和体能也好。钟繇加入一经堂之后没多久，她与其他人就明显拉开了差距。

在钟繇之上的，有陈到、姜维。阿亮跟钟繇不相上下，丁奉和李恢则都在钟繇之下。

偶尔训练中会有两两一组，或对抗，或实战训练。武馆除了舞狮步法外，日常的训练还是以南拳为基础。即便是编外人员阿亮，也是经过体校训练多年，相比之下，钟繇的进步速度真是不容小觑。经常钟繇和阿亮两个人对手的时候，不知道阿亮是因为钟繇是女生，放不开，还是在技巧上确实不如人，常常败个一两分。其他人看在眼里不说话，丁奉就责怪阿亮放水。阿亮也不解释。

一次，那天钟繇不知道是早饭多吃了一个包子还是怎地，像打了鸡血一样，实战的时候孔武有力。两人过招的时候，钟繇步步紧逼，不放阿亮暴露出来的任何一个弱点。而阿亮步步退让，很快就退到了回廊下。钟繇越战越勇，不自觉脸上露出了得意的神情。这给旁观的丁奉气坏了，一个劲儿地在场边怒激阿亮。终于阿亮退无可退，开始大力反击。但当阿亮开始使出全力的时候，钟繇反而换了打法，以闪躲挪移应对之。钟繇的灵活，让阿亮的出击频频落空。阿亮越打越急躁。

"停！"

观战到这里，朱据叫了停。

"一个好胜斗狠，一个不知所谓！你们两个，今天的训练量加倍，做不完不许吃饭！"

天已经擦黑，阿亮饿得肚子咕咕叫。

阿亮还在做青蛙跳，已经跳不动了。钟毓套了阿亮一圈，依旧精神奕奕的。

"你不饿吗？"

"还行。"

"你是不是喝兴奋剂了？！"

听到阿亮这么说，钟毓调皮地回头看着他。

"你谨慎发言！我中午吃了两个馒头，这会儿还不太饿。"

她吃饭了？！

"师父不让吃饭，你什么时候吃的？！"

"假装上厕所的时候。"

"我×，你违规！"

钟毓站起身，看着阿亮。

"干吗？你要去告状吗？"

在钟毓蔑视的眼神里，显得阿亮很幼稚。

"你是女生，我不跟你计较！"

钟毓轻蔑地笑了笑。

"别打不过的时候就拿性别说事儿！"

阿亮好气。

一年一度的国际舞狮交流会要开始了，这一次承办的城市是禅城。舞狮协会找到朱师父，想请一经堂作为代表表演开场节目。一经堂现在没有狮头担当，距离交流会还有两个月的时间，要尽快从阿亮和钟鑅中挑出一个人来去表演，还要留出时间让预备役的狮头跟陈到磨合。

"这次交流会的开场表演，我准备用到高桩。除了日常的基本训练，阿亮和钟鑅要尽快开始熟悉舞狮的步法和高桩的技巧。"

那就是要二选一？阿亮心里想。阿亮看了钟鑅一眼，钟鑅的脸上挂着志得意满的神情。阿亮心里有些不爽。

他本来对做狮头暂时顶替二师哥的位置，并没有那么强烈的想法。毕竟在他的心里，只要二师哥一天不醒来，他的自责就大于一切。对他来说，那个位置是属于二师哥的。但是现在忽然冒出来一个钟鑅，是谁的也不能是她的！

朱据师父为两个月后的交流会定制了表演方案和专门的训练方法。钟鑅从未上过高桩，但是第一次上，她就没有半点胆怯。而阿亮，反而在上一次的事故后，就对高桩产生了一种莫名的心理阴影。从心理学角度来说，他会稍微有一些应激反应。阿亮不敢讲，只能硬着头皮上。

即便是密集的训练，阿亮也没有疏忽了对二师哥的照顾。为了不影响训练，阿亮每天都要早起一个半小时。他依旧每时每刻都在期盼着二师哥醒来。阿亮会不住地把一经堂里发生的每一件大小事都讲给二师哥听，连钟磊想要舞张飞狮都说了。如果二师哥真的听到了阿亮的这些话，那么即便是隔了这么久醒来，他也一定不会对一经堂今天的生活感到陌生。

距离交流会表演仅剩下半个月的时间，朱师父决定在一经堂内部进行一个测试，在阿亮和钟磊之间定下一个最终的人选。测试全程在高桩上进行，比的是舞狮步法和南拳腿法。

在这段时间的训练中，但凡交手的时候，钟磊总是占上风。虽然阿亮也赢过几次，但总归是赢在经验上。眼看钟磊在技术上的进步越来越明显，丁奉怀疑她晚上都不睡觉，偷着练功。钟磊曾经煞有介事地跟阿亮说过：

"你知道为什么我跟你交手，次次都可以占上风？"

"你这么说话我就不爱听了！为什么？"

"因为你总是像背着包袱一样，消极应战。而我，心无旁骛，我只想着'打赢'这一件事！"

在赛场上，两个交手的人之间往往最容易洞悉到彼此的心境。因为交手当下的一刻里，眼中只能有彼此，周围的一切杂音都是不存在的。钟繇通透、机灵，她一眼就看到了阿亮的进退维谷。阿亮其实也看到了钟繇每一次的孤注一掷。他敬佩钟繇对待每一次交手的全情投入，说好胜斗狠也罢，那却是一个可敬的对手拥有的基本素质。

一上桩，钟繇就率先发起攻击。

"只是表演而已，又不是对打，她不用这么拼吧？！"

在下面观看的丁奉，不服气地说。

"她哪次不是这样？"

姜维波澜不惊地对丁奉说道。

陈到默默地看着这一切。

刚交手两三个回合，钟繇就将阿亮逼到了一边，阿亮翻身跳到钟繇的身后，没想到钟繇用了一个后空翻，逼得阿亮差点从高桩上掉下来。阿亮正分神的时候，只听到钟繇小声说了一句：

"集中！"

阿亮一个急转身，凭借身体的重量推了钟繇一把。钟繇踉跄着后退了两步，阿亮情急之下赶紧拉住她，却被钟馗一个反手制住。最后两人一前一后，漂移着下了桩。一落地，阿亮就气急败坏地指着钟馗：

"你恩将仇报！"

"哈！你不拉住我，我也未必摔得着！我这不过是借力打力。"

阿亮还要开口，看到爸爸的脸色，把话咽了回去。

"钟馗胜。接下来两周钟馗跟陈到专心磨合训练，为交流会表演做准备。"

简单宣布了结论后，朱师父就回了内堂。

钟馗得意地冲阿亮挑了挑眉，阿亮气哼哼地不去看她。

日子很快到了交流会开场表演的那一天。

朱师父利用钟馗身体轻盈的优势，为她设计了好几个翻滚腾挪的动作。再加上与陈到的配合，陈到精巧的托举，为整个动作提升了视觉上酷炫的感受。

表演当天，钟馗用的是二师哥马良的狮头。上场之前，寡言少语的陈到特意嘱咐钟馗：

"这是二师哥的狮头，你爱惜着点。"

钟馗颇具深意地看了大师哥陈到一眼，说道：

"我知道了，师哥。"

二师哥马良舞的也是红狮，即关羽狮。跟师父朱据一样。能拥有自己的狮头，是需要得到一定的认可之后。

这个狮头是马良十八岁那一年，师公扎给他的，并由师父朱据亲自为他的狮头开了光。那一年的春节，也是马良带着这个狮头第一次公开亮相。庙会上几家狮队的舞狮共贺新春，马良采到了那一年大年初一的青，很是高兴。

前后不过五年，现在狮头却在钟鑫的手里。陈到想着，心里很不是滋味。

准备上场了。这是钟鑫第一次摸到马良的狮头。日常的训练里，用的都是未开光的，或者师公做坏了的狮头。但"真的"狮头，跟那些感觉很不一样。

从举起狮头的那一刻开始，钟鑫便觉得有一股神奇的力量在包裹着自己，自己仿佛变成了这头红狮。所有的动作比起平日里的训练更加得力、轻松。倒不像是她在舞狮，而是这头红狮在带领着自己。钟鑫以超过平常的发挥完成了这一场舞狮表演。

从高桩上下来之后，钟鑫对大师哥陈到说：

"点过睛的狮头就是不一样，这感觉好神奇啊！"

"这是二师哥的狮头，它是活的。二师哥在，它就在。这叫'人狮合一',你不懂。"

陈到说完,带着马良的狮头转身离开,留下钟璐
一个人在原地。钟璐还沉浸在刚刚奇妙的感受中,完全
没有感觉到陈到的失落和不甘。

马良在医院躺了多久,他的红狮就在家里躺了多
久了。这是红狮第一次回到舞狮场上。陈到说的"人狮
合一",是有道理可循的。只是当时他还不知道,这一
场表演之后,在病床上躺了二百天的马良,醒了。

一经堂的舞狮表演结束后,吸引了很多媒体前来
采访。朱据师父不想错过这个宣传的好机会,准备拉着
钟璐和陈到一同接受采访。但钟璐看到现场还有很多国
际媒体之后,立刻慌了神。那是她自加入一经堂以来从
未有过的神情。钟璐趁乱,悄悄离开了交流会现场。不
远处的阿亮,洞察到了这一切。

阿亮尾随钟璐回到了一经堂。就在钟璐准备回自
己房间的时候,阿亮忽然蹿出来拦住了她。

"你为什么不接受媒体采访?"

"我不喜欢出风头。"

"你是怕媒体把你报道出去吧?"

钟鑫红了脸。

"你少管。"

"一经堂是我家欸,我为什么不能管?!你到底是什么人?"

钟鑫不回答,阿亮不依不饶地拦住去路,两个人动起手来。

这几下,阿亮没了比试的包袱,倒是占了上风。为了躲避阿亮,钟鑫跳进了青狮祠。阿亮停下了手上的出招,总不好在祠堂里动手。

"有本事出去,再比!"

"没本事,我懒得跟你说。"

"你是不是逃犯?!你最好老实交代,不然我现在就报警!"

听到报警两个字,钟鑫有些慌了。但她仍旧故作镇定地说:

"你是不是警匪片看多了!我现在是一经堂的弟子,即便我是逃犯,你要是报警,一经堂就是窝藏罪犯,也逃不了干系!"

阿亮一听她这么说就急了。

"你还要不要脸了!这种话都说得出!我们都是被你骗了!你个小骗子!"

说着阿亮掏出手机准备打电话。

钟繇见状，赶忙上来拦住阿亮。两个人又扭打起来。

正打得火热间，两人不小心碰到了供桌，台子上摆着的青狮狮头晃了晃，然后就这么掉了下来。正在过招的两个人完全没有察觉。

狮头摔在地上之后，滚了两滚。与此同时，两人听见了一声狮子的低吼。这个动静像闪电一般划过两个人的脑海。僵持着停下动作的两个人，面面相觑，不知道发生了什么。

"我怎么不记得一经堂附近有动物园？"

钟繇怯怯地问道。阿亮环顾了一下四周。

"×！糟了！"

阿亮看到青狮的狮头躺在地上，立刻慌了神。两个人手忙脚乱地将狮头复位，把供桌重新摆好，并上了香。诚心叩拜之后，两人才松了一口气。

"狮头没摔坏吧？"

钟繇担心地问。

"不知道……"

"大师哥说，点过睛的狮头有灵性，这个狮头应该是开过光的吧……刚刚不会就是它在叫唤吧？"

"你问题好多！"

阿亮不耐烦地回答道。

两人走出祠堂，刚刚发生的事情仿佛成了心照不宣的秘密。

"等一下师父回来，我希望你可以实话实说。如果你真是逃犯，自首的话……判得也会轻一点。最重要的是，你不要连累一经堂！否则，我不会放过你！"

"等等！"

说话间，钟籁拉住了阿亮。

"说话就说话，你不要动手动脚。"

阿亮试图甩开钟籁的手，钟籁反而抱住了他的胳膊。除了甘宁，阿亮没有跟女生这么近距离地接触过，当然，过招的时候不算。钟籁开始对着阿亮撒娇，阿亮猛地推开她。

"有话……你就好好说。"

"那我把我的秘密告诉你，你不要告诉师父，更不要告诉警察。"

阿亮心里开始打鼓，看来这件事情不小。

"说来听听。"

钟籁并不全是撒谎，她确实是禅城本地人，七岁的时候跟着父母去了国外。这些年在国外，虽然像同龄的孩子一般，上学、读书，国外的学校是完全不同的环境，也认识了许多的朋友。但是，她始终是一个异乡人，始终是一个外国人。

她所在的城市，华人很少。好在爸妈并没有放松对她的中文教育。但她始终找不到对这门语言的归属感。

"这都还是其次。"

钟蟓继续说道。

最让钟蟓难受的，是来自爸妈的压力。爸妈在国内的时候都是陶瓷艺术家，到了国外，这门手艺一开始无的放矢。后来为了生计，爸妈分别从事了别的行业。终于在有了一些积蓄之后，得以重操旧业，没有完全丢掉自己的手艺。钟蟓的爸妈深知今天的这一切来之不易，所以对钟蟓倾注了无限的期望，压得钟蟓喘不过气来。

"从小到大，我什么都要是第一，稍微落后一点，回家就是一通骂。如果我不是第一，我爸妈就不会再爱我了。"

一边听着钟蟓委屈地申诉，阿亮心里一边想，难怪你会这么好胜斗狠。

"我知道你在想什么。我是有好强的性格，但不代表我喜欢做别人心中的第一！我接受生活的内卷，但我卷，也要卷自己喜欢的事情！"

阿亮若有所思。

"所以，你这次回到禅城来，是一次叛逃？"

"嗯。我偷跑出来的。"

钟鑫看着阿亮说。

"我偷偷改了我的证件，实际上我只有十七岁，还未成年。但是我可以买机票，坐飞机。只不过，现在我的签证应该早就过期了……"

"你现在算……非法滞留？"

"嗯，被警察知道了应该会遣返吧。"

"那你还想隐瞒下去？你打算瞒到什么时候？"

"……我不知道，但我就是不想回去。我在一经堂很开心！"

你开心，我不开心。阿亮心里想。

"我现在知道了你的秘密，但是我没有办法一直帮你隐瞒，而且一直隐瞒也不是办法。……再给你两天时间，要么联系你爸妈，要么找警察，反正要有个解决方案。而且在那之前，你最好自己亲自跟师父解释清楚这件事情，师父对你的期望很高……你是知道的。"

说到这里，阿亮有些失落。不知道是替爸爸，还是替自己。

但没等钟繇自己坦白，她的爸妈就在网络上看到了她舞狮的场面。家里人找她已经找疯了，虽然她走之前留下了书信。

见到钟繇的第一面，她妈狠狠地打了她一下，继而紧紧抱住了她。钟繇被爸妈带走了，走之前她恋恋不舍地跟一经堂告了别。钟繇对师公说，她还会回来的，再回来的时候，她要师公做一个黑狮的狮头给自己。师公答应了。

钟繇最后告别的是阿亮，她紧紧抱住了阿亮，悄悄在他的耳边说：

"你也是一个值得敬佩的对手，而且，师父其实很爱你。"

阿亮吃惊地看着她。

"等我回来！"

说完这句话，钟繇转身走了，留下面面相觑的众人。

"我去！你们俩什么时候好上的？！你怎么能投敌呢！"

丁奉第一个蹿出来，质问阿亮。

"我警告你！你别瞎说！我没有！"

"屁个没有！脸红得跟猴儿屁股似的！"

"就是没有！"

"那她趴你耳朵边儿都跟你说什么了？"

连从不八卦、独善其身的三师弟姜维都上来凑热闹。阿亮真是百口莫辩。

"我不跟你们说了，我累了，我回房间。"

姜维、丁奉和李恢看到阿亮的样子，哈哈大笑。

"别闹了！赶紧去医院！"

众人忽然听见陈到的声音。只见陈到拿着手机的手在不住颤抖。

起晨操的时候，青云一直在走神。她在想，不知道师哥会怎么处理违约金的事情。一个不留神，青云从条凳上摔了下来。

"你今天怎么回事？"

朱据问她。

青云默默地看了朱据一眼，没有回答。

"正好都在，我说个事情。"

师父罗宪从外面回来。

"我的一个老朋友，新铺开张，想请我们去舞狮。时间比较仓促，日子定在后天，你们尽快准备准备。"

朱据给师父递上新泡的茶水。

"什么样的铺子？"

"律师事务所。现在来开企业的多了，他们生意很好，案子根本接不过来。"

听到律师事务所，青云的脑子快速转了一下。

律所开张就是简单的舞狮表演庆贺，老板叫戏志才，人爽朗、大方。开业当天他根本顾不上舞狮队的事情，忙于应酬各路来庆贺的朋友。戏老板客户多，善交际，一经堂表演完舞狮，当众给了朱据的红狮一个大大的红包。

过了两天，Nancy 找到了一经堂。

Nancy 穿着一身笔挺的职业洋装，挎着高档皮包出现在一经堂的门口。

"请问朱据在吗？"

众人循声望去，Nancy 的脸上浮现了一个招牌式的社交笑容。

罗宪、朱据、Nancy 坐在内堂。

Nancy 将一封法院的传票放到了桌子上。

"没想到朱掌事手段还挺高明的。"

朱据一头雾水地打开了传票，上面写着一经堂诉卡勒公司违约。

"你们的律师以卡勒公司罔顾当事人意愿，隐瞒合作事实，诱导一经堂签署合作合约，并设定高额违约金，属欺诈行为进行起诉。"

朱据虽然不知道这当中的来由，但就眼前的情况来看，他大概明白了个一二。

"所以呢？"

Nancy 笑了笑。

"所以我今天来，是来谈和解的。现在我们公司刚开始跟代理商签约，在公关层面不能有打官司的新闻。

我们能够提出的条件是，请一经堂撤诉，我们可以对你们的出工费进行补偿，金额你们随便提，只要不是太过分，我们都可以尽量满足。"

朱据看了一眼师父罗宪，罗宪品了品茶，没有说话。

朱据想了想说：

"补偿就不用了，我们双方签一份解约合同吧，之前的事情作罢。这份起诉书，我也会请律师撤诉。"

Nancy 笑了笑。

"好。合同我带来了，现在就可以签。"

朱据送 Nancy 出门的时候，Nancy 对朱据说：

"你真的不考虑要个补偿？公司不差这点儿。"

朱据摇了摇头。

"不用了，无功不受禄，一经堂也不是靠这个营生的。"

"那好吧，希望我们以后还有合作的机会。"

说着，Nancy 大方地伸出手，跟朱据握了握。

Nancy 对朱据留下妩媚的一笑。

"走了！"

Nancy 走后隔了一会儿，罗青云从外面回来了。

"你跑哪儿去了？"

朱据问她。

"干吗？"

朱据举起手中刚跟卡勒公司签完的解约合同。

"起诉卡勒公司的事儿，是不是你干的？"

罗青云调皮地笑了笑。

"我不知道！"

罗青云知道，朱据管得了一经堂，但是根本管不了她。更何况，她的解决方案是最好的。只不过，她要当了自己的黄金百岁锁来付给戏老板律师费。

罗宪把朱据叫到内堂。

"如果不是这个南希经理找上门来，这件事情你预备怎么办？"

朱据没有说话。此刻他才觉得，自己所谓的义气，在保障一经堂利益的层面上，做法如此地不聪明。

"一经堂不是你，你也不是一经堂。你是船长，是掌舵的人。你要想的是怎么保船，保船上的人。以你肩上的责任，自我牺牲是最不可取的。你要切记！要是你这个船长跳船了，那船上的其他人要怎么办？你想过没有？！"

"师父教训得是！徒弟知错了！"

1996 年。

朱据执掌一经堂的第三年。始料未及的时代剧变，每天都在发生。人们的社会生活，热闹、新鲜。好像每天都有新的机会出现，每个人都在奋力尝试抓住一些机会。希望能够就此改变自己的人生。最早一批冲向海浪的人，已经抓住了自己想要的东西，当然也有被海浪裹挟，而消失在茫茫大海中的人。但总的来说，机会和变化，无时无刻不存在着。

守着传统的文化和手艺，是逆时代而行的课题。如何让传统走上日新月异的道路，还不会丢掉传统，这让朱据和罗青云绞尽了脑汁。

在朱据疲于应对每日暴涨的订单时，罗青云在思考着一经堂的未来、舞狮的未来有没有更多的可能性。虽然生意很多，但青云也能够看出朱据的焦虑。

"我担心，这是繁荣的假象。总觉得心里不踏实，目前的情况维持不了太久。"

是的，在武馆订单应接不暇的同时，他们看到的是退出武行和舞狮的人越来越多。比起对传统文化的坚守，唾手可得的利益和成功，更加具有诱惑力。

九十年代中期，是武打片大行其道的时候。

一天，罗青云的初中同学许仪来找她帮一个忙。许仪是一个剧组里面的制片主任，他们需要一名女性武打替身。青云本来不想去，她最烦别的行业总是拿他们武行当下脚料。但如今看来，这又好似多了一种可能性的机会。如果不想被时代吞没，那就要留名。这是罗青云此刻的想法。

拍了一天的戏下来，罗青云就灭了这个念头。

隔行如隔山。真正会功夫的武行，动作是十分好看的。但拍戏，不光要打出力道，还要顾及镜头。罗青云对镜头没有感觉和概念，又抓不准走位，这一天下来拍了几十上百条。伤害性不大，但侮辱性极强。如果想通过这个方式打开武馆的通路，朱据不会答应的。估计那一班师兄弟也会十分难受。除非他们能做到像刘家班和袁家班那样，但那又是另外一个行业的事情了，不是他们的本行。若是丢掉了一经堂的武馆和舞狮队，愧对自己的师公事小，一经堂的金字招牌也就不复存在了，那是他们最引以为傲的东西。

纠结之下，罗青云放弃了这条路。

入夜。

"你怎么又一个人跑到祠堂屋顶上了？屋顶都被你

踩坏了，总要修。"

朱据冒出一个脑袋，对着屋顶上的罗青云说。

青云没有回答。

"今天拍戏好玩吗？"

"不好玩。"

朱据也爬上屋顶，笑着看着罗青云。

"你不用沮丧，这条路走不通，我们就换一条。"

"是我自己放弃了这条路，没什么可惜的。但我头疼的是……"

罗青云望着月亮叹了口气。

罗青云蔫耷耷地看着朱据，朱据冲她笑了笑。

"我倒是有一个想法。"

"什么想法？"

"我们去国际上比个赛！"

"你们要以一经堂的名义去参加'狮王争霸'赛？"

"是，师父。"

朱据说道。

罗宪踱着步子，思考着。去国际上参加比赛这个念头，近十八年来，他不是没有动过。但对于整个舞狮行业过去三十年失去的来说，要追上这个步子，不是一件容易的事情。都说"十年树木，百年树人"，或许到了朱据、青云这一代，也是时候了。

"行，你们去吧。但是出门在外，要互相照顾。另外在外语上，你们都不太行，这一趟不行去戏老板那里雇一个人跟着。"

"好。"

朱据领了指令，就要下去安排。

"对了！"

朱据停下脚步，等着师父发话。

"自尊自爱，不要怕露怯。没见过的世面，见过一次也就知道了。"

说完，师父笑了笑。

"知道了，师父。"

因为一经堂是临时起意要参加"狮王争霸"的比赛，打听之下，决定报名的时候已经临近截止日期了。经过戏老板那边的翻译跟组委会往复地沟通，对方又看在一经堂是老字号武馆的分儿上，临时给了朱据他们一个参赛的资格。一行五个人踏上了前去比赛的征途。

因为报名晚，且没有历史成绩，一经堂被安排在了第一批出场名单里。

这些年虽然说有华人的地方就有舞狮，但因为某些特殊的原因，舞狮在海外的发展反而超过了国内，技术更加纯熟，也更加规范化。从比赛规则上来说，越标准化，越容易让舞狮走出华人的圈子，走向世界，为世界所接受。但对于这些规则，现在的一经堂，是完全不知道的。

最终，一经堂以排名垫底的成绩输掉了比赛，铩羽而归。

看到朱据他们回来得这么早，罗宪便猜到了一二。

为此在晚饭时，罗宪特意给他们开了一个会。

"这世上本来就没有常胜将军。更何况，这么多年，一经堂从未走出过禅城。这次参加比赛是一件好事情，看看这世界、这天地有多大。眼界打开了，格局才能打开。这一趟，不白走。"

"对！不能做井底的蛙，夏天的虫！"

张虎激动地说。

"你这说的都是什么？！有空多读书吧！"

小师弟王基调侃他道。

虽然在大家嘻嘻哈哈的氛围中，这一次以失败而告终的尝试就算过去了。但一经堂的未来，揣在朱据和罗青云的心里，始终是一座他们要翻越的高山。

　　一天训练的时候，罗青云对着院子里的一棵桃树发呆。朱据注意到了她。

　　"看什么呢？"

　　"你记不记得，那天我们去'狮王争霸'比赛的时候，有一支马来西亚的队伍，那个狮头也是个女生。"

　　"我记得。"

　　"你记不记得她的步法？"

　　"有点印象，像是在哪儿看过的功夫。"

　　"我当时也是觉得怪异又眼熟，后来我想了一下，像不像是梅花桩的功夫？"

　　"你说梅拳？"

　　"嗯！"

　　"那是不是北派的功夫？"

　　"好像是。如果知道谁会打就好了，可以去请教一下！"

　　"神武堂……"

　　罗青云听到朱据这么说，瞪了他一眼。

　　"不然问问师父？"

　　"算了！我是有一个想法，但现在还没太想好，我怕师父问我，我又说不清。让他觉得我们冒失，总是不太好。"

罗青云有些顾虑地说。

第二天，朱据就偷偷溜到了神武堂。

虽然罗青云曾经踢过神武堂的馆，还让人家毫无面子地输了。但神武堂的二弟子曹真，私下里跟朱据的关系不错，他们俩还曾经在庙会上搭过手。

"你会不会梅拳？"

朱据问曹真。

"会，不多，看师父跟大师哥打过。"

"你能不能给我们讲讲？"

"你们是谁？"

"我跟青云。"

听到青云的名字，曹真心里一震。这一震，不是惊讶，更像是心跳忽然漏了一拍。

"啊？行不行？"

朱据对曹真软磨硬泡。

"行……是行，但不能让神武堂知道。"

"好，我找个地方，回头跟你说。"

说完，朱据一个跳跃，翻出了神武堂后院的围墙。

朱据在一经堂的附近找到了一处荒宅。

说是荒宅，其实就是主人家全家移居海外多年，家里的房产无人打理，院墙有些破败。因为这一带还没有拆改，所以房屋就这么放着。

朱据带着青云正站在院子里等曹真。

"他不会不来了吧？"

青云有些嘀咕。

"不会的，我们俩交情还可以。"

"你呀！就是天真，不世故，谁都信。"

"我这叫赤子之心！"

罗青云斜睨了朱据一眼，调笑地说：

"不要脸！"

两个人正说着，曹真来了。

曹真看到罗青云的第一眼，脸就有些微微泛红。朱据和罗青云只当他是偷跑出来的，想必路上有些慌张，走得急了，气血上涌。

"梅拳其实主要就是打梅花桩，练步法和灵活性。需要站桩。其实很多功夫也是要站桩的，只不过梅花桩更纯粹一些。"

曹真说道。

曹真一边说，一边给朱据和罗青云演示了基本的步法。

"没想到，你还蛮厉害的嘛！"

"我……没有……"

听到青云对自己的夸赞，曹真更不好意思了。

"我上次见到你跟大师哥打，我就知道自己不是你的对手了。"

"你想多了，你是朱师哥的朋友，也就是我的朋友。上次去踢馆，也是我冒失了，但当时我也是没有更好的办法了。"

"嗯，我懂。"

"你们神武堂为什么会北派的功夫？"

"这个说来话长。不过功夫本身不分南北，每家武馆都有自己当家的功夫，只是神武堂刚好做了南北结合，南派北派的功夫各占一半。"

"啊，是这样。那你主攻的功夫是什么？"

曹真的脸更红了，有些不好意思地说：

"我学得不好，我主攻的是八卦掌。"

"八卦手黑哇！我知道了！"

罗青云恍然大悟道：

"所以你才会练梅花桩！其实你的梅花桩根本就不是你自己说的那么差！因为这是你主攻的课业！"

"好哇，你骗我！"

朱据说着，就要上去扭打曹真。

曹真的身手也确实灵活，看到朱据上来，马上向后退了一步。

"看到没！真实的身手露出来了！"

罗青云调笑地跟朱据说道。

"你完了，我师妹盯上你了！她从小就喜欢跟各种高手过招。"

朱据说完这句话，曹真的脸简直红成了猴子屁股。

"曹师父，在下可否向你讨教讨教？"

问完了这句话，罗青云不等曹真回答，就已经出手了。

八卦掌擅长攻其不备。应对八卦掌，罗青云选择的是太极拳，这是罗青云第二好的功夫。

八卦掌的招式主打转、拧，这也是为什么练习八卦掌的时候，要配合梅花桩。不仅是桩上，桩下也是见功夫的地方。而罗青云的太极拳，理论上来说也是个圆。以圆攻圆，就看谁先露出破绽。没想到几个回合下来，竟也打得胶着。

最终还是将曹真逼到墙角的罗青云占了上风。罗青云最擅长在与对手的过招中，同时利用地形的条件，这是让她在比武的时候，很容易取胜的一点。

这一场交手，没有胜负，只是罗青云略占上风，点到即止。

"曹师父放水，不出真功夫。"

罗青云不服气地说。

此时的曹真努力在控制自己的呼吸和心跳。

一直站在一旁观战的朱据，也看出了端倪。功夫是天天练的，何至于过了几招曹真就成了这样？！况且两个人之间打得也不算多激烈。看来看去，朱据有些明白了其中的缘由。

"今天辛苦你了！"

朱据对曹真说。

"没有没有，能跟青云师妹过招，也是我的荣幸。"

青云师妹？！怕不是青云还比你大一岁吧！朱据想着，有些来气。

"你出来这么久了，别被你师父和大师哥发现了。"

"哦，那我先走了。"

曹真走后，罗青云用奇怪的眼神看着朱据。

"你有点怪怪的！"

"我怎么怪了？"

"我话都还没问，你就让他走了。"

"确实不能让神武堂发现了。"

"不对，你有猫腻！"

"你别说我了，你说说你到底有什么猫腻吧！"

朱据赶忙转移话题。

"好吧，我其实是这样想的。"

罗青云将自己还不算成熟的想法，和盘托给了朱据。

"高桩舞狮？！"

当罗青云说出她的设计时，众人都是惊讶的表情。

"我们这次去'狮王争霸'赛，也不是全然没有收获。我注意到一支马来西亚的狮队，他们的狮头步法很独特，看着有些似曾相识。我仔细研究了一下，发现是梅花桩的步法。于是我进而想到，如今的舞狮表演，要么看点在采青，但懂其中门道和典故的年轻人越来越少了，大家一般都是看个热闹。要么看点就在条凳上，因为够惊险刺激，好看。但如果以梅花桩替代条凳呢？"

罗青云抛出疑问后，望向众人。

"那就会更加惊险！"

一向不怎么言语的王基，忽然说道。

"是的！"

"你这个想法是奇妙，但是怎么实现呢？那我们每次出狮都要带着桩子吗？"

"这个我暂时还没有想到，但总会有办法的。我打算尝试一下。"

"那就试试。"

一直未发话的罗宪忽然说道:

"武学千年,哪一个新的招式不是试出来的。你试试吧,只是别试得断胳膊断腿就行。"

"知道了,师父。"

"对了,你哪儿学来的梅花桩?"

"哦……我……那个……看电视。看电视剧学的!"

罗宪若有所思地笑了笑。

罗宪走远后,朱据附到罗青云的耳边说:

"机灵如你,竟也有圆不上谎的时候。"

罗青云不服气地给了朱据一肘。

罗青云日复一日地尝试、训练。先是在半人高的梅花桩上尝试,后来经过几次跳跃、走步的调试,又将梅花桩调整成了高低错落的结构。有高有低,有进有退,有山有水,整体的设计又套用了传统山水画的结构,使得舞狮的呈现更像是在高山流水之间。增加了舞狮的美感与惊险,当然,同时也增加了舞狮的难度。

在罗青云研究高桩舞狮一套表演方法的过程中,时不时地也需要找到曹真请教一二。一开始的时候,朱据还肯帮忙，渐渐就开始推托曹真不方便出来。赌气之下，罗青云就自己去找曹真。没想到曹真甚至比罗青云还认真，帮她设计了好几套的步法方案。

朱据气归气，但还是支持青云的，只能当没看见。

再过不久，又是一年天后诞。

有了去年的事情，今年的天后诞还是不是一经堂，这件事情引起了行业内不小的争论。有支持一经堂的，因为毕竟一经堂的功夫摆在那里，但不占多数。大部分是支持换武馆的，毕竟关乎荣誉，每家武馆的掌事心里都揣着自己的心思。还有的，干脆建议皇帝轮流做，但舞狮协会的会长不答应。毕竟天后诞是一件大事，万一轮到了技术不怎么样的武馆，演砸了怎么办。这个责任，他可担不起。

商量来商量去，最后还是决定采用老办法，公平起见，比武。

要是这，我可就不客气了。罗青云心里想。

这一次天后诞选拔狮队的比武中，舞狮协会的会长并没有公开提出性别要求。罗青云琢磨着，可以堂堂正正地在天后诞上展示她的高桩舞狮了。

比武当天，一经堂先是将高桩运到了现场。

"这怎么比武还拉来一车木头？"

神武堂的曹仁师父打趣道。

罗宪只是笑了笑，没有搭理他。

在别的武馆之间比试的时候，一经堂的弟子默默在自己的方阵中搭建着他们的高桩。等到罗青云的舞狮亮相的时候，围观的行业前辈们恍惚回到了一年前的记忆中。他们看着十七岁的罗青云，单手擎着她的青狮狮头，身后跟着一经堂如今的掌事朱据，两人一前一后，英姿飒爽地走上了舞狮场。

舞狮协会的现任会长姓关，叫关兴，是罗宪的同乡。关会长轻拍着罗宪的肩膀，悄声说道：

"你老兄可以啊，后继有人了。"

"嗯，是一经堂之幸。"

罗宪不无得意地说道。

高桩舞狮与平地舞狮不同，平地舞狮更多讲究的还是功夫上的招式，看马步，看动作，要有英武之气。而高桩舞狮，比起平地舞狮来，更具备天然的表演优势，从视觉上来说更加惊险刺激。为了提升这种视觉感受，罗青云和朱据也专门设计了一些配合跳跃、翻转、进退的步法。在上桩和下桩上也进行了一番设计，有翻跟头，有漂移动作。他们部分借鉴了体操比赛的表演动

作，让整体动作看上去更加灵活、多变，使观者眼花
缭乱。

如意料之中，从罗青云、朱据二人侧空翻上桩的
那一刻开始，这头青狮就成功吸引了全场的目光。天后
诞的表演资格，已然是罗青云的囊中之物了。

罗青云在高桩上一连串的跳桩，令人目不暇接。
紧接着又连了一个俯身探峰，增加了动作设计的奇绝
感。现场围观的群众不住叫好，这一届天后诞或许不是
历史上最成功的，但绝对是最热闹的。一经堂新出了高
桩舞狮的消息不胫而走，前来围观的人里三层外三层。
看着罗青云的青狮在高桩上翻转腾挪，下面的观众既紧
张又兴奋。

罗青云和朱据最后以一个漂移下桩的动作完成了
他们的舞狮表演。高桩舞狮的首次公开表演，大获
成功。

自那以后，高桩舞狮在各家武馆遍地开花。每家
武馆都在罗青云设计的高桩基础上，结合自家的功夫，
独创出颇具特色的动作。很快，在高桩舞狮上，每家也
都有了自己的招牌招式。

此时的罗青云和朱据，尚以为这是他们为一经堂，
为舞狮带来的新机会。

半年以后，又是一轮残月的夜晚，罗青云独自坐在祠堂的屋顶上喝酒。

"你现在不仅爬屋顶，还喝起酒来了。"

"你别管我！"

"你这样，又没有什么用。"

"我真的……真的没有想到会是这样的一个结果。"

朱据沉默不语。过了半晌，青云继续说道：

"现在高桩舞狮火了，是好事。但没有狮队再在平地舞狮了，也没有人采青了。连比赛都渐渐被高桩舞狮替代了。为了吸引眼球，动作设计得在高空跳来跳去，满足感官的刺激。我不知道带起高桩舞狮这一风潮到底对不对，对于传统舞狮来说，到底是好事还是坏事？我们是传承了舞狮，还是让后来人忘了舞狮该怎么舞啊？！"

青云举起酒壶，又灌了一口酒。朱据一把夺下她的酒壶。

"别喝了。"

青云颓丧着，继续说道：

"传统的舞狮，靠的还是武艺。虽然是在平地上，但是要高度模仿出狮子的神态、动作，还要有招式，这是一件很难的事情，考验腰马的功夫、武术的技艺，还有想法、创新的思路。……照这样下去，以后的人，还会不会知道千百年传承下来的传统舞狮，是什么样子的？"

朱据一边听着青云的愤懑，一边观察着她的脸色。

"为什么会是这样？怎么会是这样？！"

"我倒觉得，你也不用这么难受。这个世界上的事情，还不就是这样。现在的人们，每天的生活都变得不同，多姿多彩，信息泛滥。他们看到了太多新奇的东西，过去的、陈旧的，就会自然而然地被他们忘记。喜新厌旧，一直都是人类的本性。只不过从前，新的没有如今出现得这么多、这么快罢了。"

"是我将舞狮从一个极端推向了另一个极端……"

"也许不是你。……也许是时代，也许是宿命。"

朱据忽然觉得青云的头压在了自己的肩膀上。平时不怎么喝酒的青云，竟然喝光了一壶玉冰烧。朱据没有办法，只好背着青云跳下屋顶，将青云送到了房间。

青云躺在床上，嘴里还在絮絮叨叨说着什么。已经入秋，天气有些微凉。朱据拉过床边的薄被给青云盖上，青云一个翻身，将朱据带倒在床上。朱据立时有些慌张，慌忙想要站起身。

朱据有些不知所措，轻手轻脚挪动着身体。没想到青云忽然坐了起来，睁着大眼睛，直勾勾地看着朱据。

"我没……我不是……你喝醉了。"

"我知道。"

"那……我先回房间了。"

"回去干吗？"

"回……去睡觉。"

"在这儿不能睡吗？"

听到青云说的话，朱据脑瓜子里嗡的一下。

"你知不知道我是谁？"

"大师哥朱据。"

"你知不知道你在说什么？"

"知道。"

"你确定？"

朱据一脸疑问地看着罗青云。

罗青云忽然面无表情地逼近朱据，脸凑着脸，近在咫尺，朱据甚至能够感受到罗青云呼吸出来的玉冰烧的味道。

"罗青云！你不要借着酒劲儿勾引我，我跟你说！我可不是什么……"

烈日下，阿亮拼命踩着他的脚踏车，往医院的方向赶。他等不及大师哥陈到一起开车过去，骑脚踏车走小路更快。这条路，他在二师哥马良昏迷的这段日子里骑过无数次了，今天却显得格外漫长。

阿亮冲进医院，冲到走廊，冲到病房门口的时候，医生正在为刚刚苏醒的二师哥做检查。眼尖的小护士先看到了阿亮。

"家属来了！"

医生抬头看了一眼阿亮。

"你来得正好……"

没等医生说完，阿亮就冲到病床边，趴在了二师哥的肩膀上，默默抽泣起来。

二师哥抬起手，摸了摸阿亮的头。

"怎么跟个小孩子一样。"

二师哥的声音还有些虚弱。

医生拍了拍阿亮的肩膀。

"家属要不要听我把话先说完？"

阿亮站起身，抹了一把眼泪。声音还带着哭腔。

"您说。"

"患者目前各项身体指征都正常，但毕竟昏迷了半年多，身体机能需要慢慢恢复。等一下，我让护士把注意事项告诉你们，接下来慢慢恢复慢慢养就可以了。另外，患者还需要康复训练，这个相关的情况我等一下一并告诉你们。"

医生话音刚落，跟着陈到车来的师父和师兄弟们就冲进了病房。

"你们动静小一点，还有其他患者。"

"好的，好的。谢谢大夫。"

陈到赶忙说。

看到二师哥醒了，精神状态也正常。姜维狠狠捶了陈到一拳。

"×，你TMD吓死我了！你下次说话能不能把话说全了？！"

"我太紧张了嘛！"

"你紧张，你就吓人玩儿啊！你一个不说话，阿亮一个'嗖'地一下蹿了出去，剩下我们心里会怎么想？！"

阿亮在床边帮二师哥按摩四肢活血。其他人一边听着姜维的抱怨，一边脸上挂着笑。

"醒了就好，你好好养着。"

师父朱据虽然话不多，但他的嘱咐字字有力，二师哥知道师父在期待着什么。

"嗯，我会的，师父。"

这一声"师父"，朱据已经等了整整二百天。

二师哥醒了以后，阿亮明显见开朗。阿亮往医院跑得更勤了，一天三趟。他恨不能二师哥马上就下床出院。

一周下来，阿亮虽然精神上还是神采奕奕，但身体是疲惫的。每天倒头就睡，呼噜声震天。

一天晚上，阿亮忽然做了一个梦。在梦中，他走入一片树林。树叶茂密，偶然有阳光透过树叶照射下来。树林里还弥漫着微微的雾气，一阵风吹过，有带着树叶沙沙声的清凉。

走着走着，阿亮忽然看到不远处有两团身影。细看之下，竟然是一个人和一头青狮在对峙。看那人的身形，不过十六岁左右的少女。穿着普通的练功服，后脑扎一个鬃鬃。

少女手持一杆长枪，那头青狮怒视着她。

忽然间，阿亮听到那名少女说：

"从来是人降狮，未见狮降人。今天我若赢了你，从今后你便要降服于我，听我号令！"

青狮听到这句话后，仿佛听懂了一般愤怒。起身扑向少女。

情急之下，"小心"二字，阿亮脱口而出。少女听没听见不知道，青狮却好像听见了，怒视向阿亮这边。阿亮一惊，赶忙转身想跑，却怎么跑也跑不动。情急之下，竟然醒了。

原来是个梦。

做了一晚上的梦，阿亮白天有些无精打采的。训练的时候，还险些从高桩上摔下来。自从钟繇离开一经堂以后，都是姜维和阿亮搭手训练。

"不然你一天跑两趟吧，中午我替你去。"

"我没事。"

"还没事，你看看你的黑眼圈，不知道还以为女鬼附体了。"

阿亮猛拍了拍脸。

"我没事，再来！"

这一天晚上，阿亮又梦到了那头青狮。这一次青狮就站在他的床上，俯身看着他。阿亮的身体有一种被鬼压床的感觉，动弹不得。

细细观察之下，阿亮发现这头青狮也少了几根胡须，跟青狮祠里面供奉的那座狮头一模一样。会不会是因为上次跟钟馗在青狮祠里面打斗，将狮头打在了地上的关系？因为触怒了这头青狮，所以才会一直在梦里纠缠自己？阿亮这么想着，只见那青狮忽然抬起一只脚，踩在了阿亮的胸口上，压得阿亮喘不上气来。一下子又醒了。

阿亮早上来到医院的时候，师哥已经起身，正在慢慢练习。阿亮赶忙上前扶住师哥。

"你今天觉得怎么样？"

"嗯，好多了。"

"你师哥恢复挺快的，还是身体底子好。"

给师哥量血压的小护士对阿亮说。

小护士走后，阿亮悄悄对师哥说起青狮的事情。

"我这两天老做一个梦，梦到一头青狮。"

"青狮？"

"嗯。好像是后院青狮祠里的那一个……"

二师哥马良一脸惊讶。

"你怎么会梦到它？"

"我也不知道，我还梦到它跟一个人打架。一个十六岁左右的小孩儿。看身形，应该也是武行的人。"

"然后呢？"

"然后我还梦到它压在我身上，压得我喘不过气来，也动弹不得，跟鬼压床一样。"

听到阿亮这么说，二师哥若有所思。

阿亮察觉到二师哥听他这么说之后，并没有十分惊讶或者猎奇的感觉，反而陷入了沉思。

"你是不是知道点儿什么？"

"嗯？"

阿亮突如其来的提问，打断了二师哥的思路。

二师哥沉吟了一会儿，郑重其事地对阿亮说：

"它有可能是你的狮魂。"

"啥？！"

二师哥的话，说得阿亮一头雾水。

"我也只是这么猜测。但是为什么……你确定你看到的是青狮祠的那座狮头吗？"

"嗯，我确定。我特意在梦里观察了一下。"

二师哥笑了一下。

"也有可能那不是梦。"

"你越说越玄乎了。"

"我问你，你现在有自己的狮头吗？"

"嗯，在学校有。"

"那不算，学校的狮头不会点睛。"

"那……没有。"

"但你怎么会跟青狮祠里面的狮头产生关系呢？你有看到那个少女的模样吗？"

"没有……但有个事儿，我要告诉你。"

阿亮把二师哥昏迷这段时间，一经堂招新，招来了个钟繇，以及他跟钟繇打斗的事情都跟马良讲了一遍。

"难怪……"

"难怪什么？"

"有可能是你们上次打斗的时候，你帮它解除了封印。"

"二师哥，你是不是脑袋躺坏了！你在跟我说什么漫画情节啊！还解除封印。"

"你还不懂。"

二师哥没有辩驳，只笑了笑说：

"你知不知道青狮祠的这座狮头是谁的？"

阿亮摇了摇头。

"你没问过师父吗？"

"我爸跟你比跟我亲，你都不知道，我哪敢问啊！"

马良敲了阿亮的脑壳一下。

"小心眼儿！"

"谁小心眼儿了！我说的是事实。我又不吃你的醋。"

"接下来我要告诉你一件事情，你听了不要太惊讶。

按道理来说，我是不适合现在告诉你的，因为你还没有自己的醒狮，我说了，可能你也不会太理解。但既然你已经梦见了青狮，让你知道了，可能会对你解开谜底有帮助。"

"到底是什么事儿啊……你铺垫这么多。"

"每一个拥有属于自己醒狮的舞狮人，都同时拥有一个属于自己的狮魂！"

"啥意思？"

"意思就是，当你拥有一个点过睛的醒狮后，它就是活生生存在的，它的灵魂存在于你的狮头里。当你再舞狮的时候，你就知道什么是真正意义上的'人狮合一'了。"

"狮魂……"

阿亮一脸茫然地看着二师哥。

"那你有狮魂吗？"

"嗯，我有。"

"啥？"

阿亮从椅子上跳了起来。

"那为什么我从来都没有听你说过！"

"这有什么好说的。"

135

"这怎么不好说啊，这么刺激的事情，你为什么不告诉我？"

"你先冷静。这是很严肃的事情，哪有随便乱讲的。"

二师哥继续说道：

"我估计，每个拥有自己醒狮的人，都知道这件事情。"

"那……我爸跟外公都知道啰？"

"嗯，我估计是。"

阿亮一屁股坐回了椅子上，脑子里一团糨糊。

"你的是什么样子的？我的意思是，你的狮魂。"

"我舞的是什么狮？"

"红狮。关羽狮。"

"嗯，我的狮魂就是红狮。"

"那……你昏迷的时候，它在干吗？"

"我不知道。但是……"

"什么？"

"但是是它叫醒我的。"

"真的吗？"

"嗯。"

二师哥略带回忆地说：

"就忽然有一天，它站在床上看着我。然后开始蹦来蹦去，还用脚踩我的脸。然后……我就醒了。"

"真的假的？！听起来有点搞笑……等一下！"

阿亮忽然想到了什么。

"如果是别的人，舞了你的醒狮，那它也会告诉你吗？"

"那我就不知道了。"

"我知道为什么你的红狮会忽然出现了！你醒来的前两天，钟鑫舞过你的红狮！那也就是说，是那一场舞狮，让你的红狮醒来，然后它来找的你！"

"这么听起来，有点道理。"

"天哪！太奇妙了！"

阿亮不由得惊叹。

"但是……我还有个问题。"

"什么？"

"可这头青狮……不是我的啊！"

"对，这也是我没想明白的地方。难道就是因为你给它解开了封印？"

"那又是谁给它封住的？梦里的那个少女？"

"你如果拿着梦到处去问，我估计是问不到答案的……"

"所以我要搞清楚的是，这座青狮头，到底是谁的？！"

"师公。"

阿亮忽然从门外探了一颗头进来。

师公从老花镜上方看了看门口。

"进来说。"

阿亮悄咪咪从身后拿出一份刚出炉的鸡蛋仔。这是师公最爱吃的零食。

"说吧，什么事？"

"师公，那天我打扫青狮祠的时候，不小心碰到了那座狮头……"

师公闻言，抬起头看着阿亮。

"然后我晚上就做了噩梦，那只青狮好像活了一样，一屁股坐到了我的脸上，压得我喘不过气来。"

"哦？"

"我想破解一下这件事情。但需要知道那座青狮头是谁的？"

师公笑了笑，晃了晃手中的鸡蛋仔。

"这才是你真正的目的吧？！"

师公说完，叹了一口气。

"不是我不告诉你，只是这件事情，我也没有弄懂其中的缘由。不如你去问问你爸。"

阿亮来到爸爸房间的门口，徘徊了一会儿。正要敲门的时候，门忽然开了。

"你站在这里干什么，吓我一跳。"

见阿亮没有回答，朱据追问道：

"怎么了？"

"爸爸，我有事问你。"

"说。"

"青狮祠里供奉的那座狮头，是谁的？"

朱据一怔。

"你问这个做什么？"

"我……我想知道。"

朱据用怀疑的眼神看着阿亮。

"你没事要知道这个做什么？！"

阿亮在心底犹豫再三，终于鼓足勇气问出了一句话：

"这座青狮头，是不是跟妈妈有关系？"

从记事的时候开始，阿亮不是没有问过爸爸，自己从哪里来的，为什么自己没有妈妈。爸爸一开始是各种搪塞和遮掩，后来再问就一味地叹气。直到有一天，爸爸对阿亮说：

"你妈走了。"

阿亮辨不清这个走了，是离开了一经堂，离开了禅城，离开了家，还是离开了人世。但是看着爸爸忧愁的表情，阿亮不忍心再追问。这件事情就这么被糊弄着过去了。

阿亮长大了，在学校的时间比在家里多很多。渐渐地，也就不问了。只是夜深人静的时候，这个谜还是会从心底浮现出来。比起别的孩子，阿亮没有的，不仅仅是一个妈妈的角色，而是一份特殊的情感和关照。比起爸爸、外公，师父、师公，更贴近自己血脉和亲缘的关照。是妈妈，虽然这两个字，阿亮从没有机会叫出口过。

"是。"

阿亮没有想到，爸爸的回答竟然这么干脆。

"那……"

"你妈走了。"

又是这句话！阿亮心里埋怨着。

埋怨归埋怨，阿亮熟悉爸爸的这个表情。阿亮不问了，也不想问他了，从他这儿根本问不出来。他决定自己去找出这个答案。

阿亮晚上特意没有睡觉,睁着眼,等着青狮的出现。

但青狮没有出现。

就在阿亮迷迷糊糊半睡半醒之间,他忽然感觉窗外有动静。阿亮随手拿了一根九龙鞭出去。

走到院子里,阿亮感觉到某个方向有轻微的动静。阿亮提着九龙鞭,循声跟过去。阿亮的宿舍在一经堂四进的倒数第二进,动静好似在祠堂那边。

果然,阿亮走过去之后,看到青狮正威风凛凛地站在院子中央。阿亮正要开口跟它理论,未曾想,青狮直接扑了上来。

阿亮曾经在梦里见识过青狮打斗的功力,他很清楚,自己不是青狮的对手。好在自己的躲避功夫还不错,只能用闪躲的方式应对青狮的进攻。几个回合下来,青狮忽然站住了,看了阿亮一会儿,还叹了一口气。

"欸?你什么意思?叹气什么意思?瞧不起人啊!"

青狮没有说话。青狮当然不会说话。

青狮只是转身离开,阿亮刚要跟上两步的时候,青狮突然转身,给了阿亮一个狮子吼。吓得阿亮跌坐在地上。青狮不屑地看了他一眼,转身回了青狮祠。

晚上被青狮的这一顿奚落,阿亮气不打一处来。第二天去看望二师哥马良的时候,跟马良连番吐槽。逗得马良喘不过气来。

"你的红狮也会这么戏耍你吗？"

"不会。"

马良笑着说。

"但是它会在我熟睡的时候，站在我的胸口上，压得我喘不过气来。"

"它为什么要这样？"

"唔……不知道，可能是想让我跟它玩儿吧。"

听马良这么说，阿亮翻了个白眼。

这天晚上，阿亮失眠了。脑海中一直是昨天晚上青狮那一瞥不屑的眼神。阿亮不服气。

这一夜，青狮也没有再出现。

马良的身体逐渐恢复了，再过一周就可以出院了。不过出院之后还需要一段时间持续做康复训练。有朱据师父的悉心调理和医生的关照，他应该很快就能恢复好。

为了庆祝马良出院，朱师父决定在社区里热闹热闹，免费给大家来一场舞狮表演。这次担当狮头的，是阿亮。

朱师父对这一次舞狮表演的设计是"鲤鱼跃龙

门"，寓意马良从此跨过了这个坎，迈向更高的山峰。这是一个青阵，为了让不懂青阵的阿亮能够顺利完成舞狮的表演，朱师父提前给他透了题。

"到时候这里会有一个装满水的大木桶，你要从这边跳过去，从木桶中抓出一条鱼，衔着跳过另外一个长凳。明不明白？"

"明白。"

"明白就开始练习。"

跳长凳对阿亮来说不是什么难题，与平日里练习高桩大同小异。唯一不同的是，长凳会晃，没有高桩那么稳，需要平衡感更好以及下盘的功夫更加扎实。

但是沿着木桶的边缘跳过去，就很难。首先木桶的边缘很窄，而且里面有水，又很滑。阿亮一次一次地掉到木桶里，浑身湿透。就连木桶里的鱼也跟着阿亮遭了殃。更不用说，院子里都是水。李恢只能一次一次地去挑水，再灌满木桶。

"一会儿鱼都死光了，晚上有得吃了。"

丁奉在一边调侃地说。

晚饭的餐桌上，木桶里的五条鱼整整齐齐躺在盘子里。

"明天换小一点的吧，这个对他来说有难度。"

师公一边夹了一筷子鱼，一边说。

"你怎么不吃鱼？"

丁奉问姜维。

"都是阿亮踩过的。"

随着阿亮日复一日的训练，终于有些成效了。一套动作下来，虽然算不上行云流水，但至少木桶里的水和鱼没再怎么遭殃。

就在阿亮很得意地完成一套动作，做了一个收尾亮相的时候。忽然感觉有一只手在背后大力推了自己一把，阿亮直直摔下来，趴到了垫子上。阿亮转过头，只见那头青狮得意扬扬地站在高桩上俯视着他。

阿亮白天不便发作，毕竟其他人看不到那头青狮，只有自己能够看见。若是跟它打起来，看起来会像是一个精神病。

入夜，阿亮来到青狮祠。阿亮一手拎着他的九龙鞭，一手拎着一堆猫罐头。

阿亮将猫罐头一一摆在青狮头面前的供桌上，并上了香。

"我知道我不是你的对手，我也知道，你或许跟我妈妈有些关联。那就请你看在我妈的面子上，不要再戏耍我。我知道你看不上我，但是我愿意拜你为师，只要你不吝赐教。"

说完，阿亮诚心给青狮叩了一个头。

阿亮感觉到祠堂里一阵风吹过。果然，青狮现身了。

只见青狮慢悠悠走到供桌边，衔起一罐猫罐头，像吃果冻那样自然顺滑。不消片刻，桌子上就只剩下一堆空罐头盒了。

吃饱喝足后，青狮徐徐走到前院的梅花桩旁边。它望了望梅花桩，脸上洋溢出一种奇特的表情，看不出悲喜，但显然有什么很值得它怀念的东西在心里。

青狮没有管阿亮，自顾自轻轻一跃，跳上了梅花桩。青狮怡然自得地展现了一段高桩上的表演，动作如行云流水，带着力量和技巧。阿亮看呆了。

这是青狮第一次教给阿亮"高桩舞狮"。

第二天一早，就听见丁奉在祠堂门口叫嚣：

"这是谁呀！把喂给野猫的罐头放在供桌上！"

接连几个晚上，小鱼干、腊肉、腊肠……阿亮轮番换着花样儿给青狮"交学费"。

终于到了二师哥马良出院的那一天。一大早，一经堂全家就将马良接回了家里，紧接着就是准备在社区活动中心举行隆重的舞狮表演。

自从阿亮知道了二师哥和他的狮魂这件事情后，他就不想用二师哥的狮头来舞狮了。但他也不敢用爸爸的。正在踟蹰的时候，师公对阿亮说：

"用我的吧。"

师公的狮头是黄狮，即黄忠狮。果然，虽然师公多年不舞狮了，但是他的狮头依旧神风不减，光彩熠熠，就像他的狮头所代表的那个精神一样，老当益壮。

当举起狮头的那一刻，阿亮忽然明白了二师哥描述过的那种感觉。他相信，那一天如此兴奋的钟骉也一定是因为感受到了这种感觉。师公的醒狮身上，有着与师公一脉相承的气质。这座黄狮，步伐稳健，不怒自威，神情凛然，好似久经沙场的老将军一般。

很多时候，阿亮觉得并不是自己在舞狮，而是这头醒狮在带着自己。当然，这些日子给青狮的"学费"也没白交，阿亮觉得自己如今再来破这个青阵的时候，那般得心应手，易如反掌。

场下观看舞狮表演的朱师父，也由担心转为了一脸欣慰。阿亮这些日子的进步，超乎他的想象。

"你好厉害啊！半夜偷偷起来练习了吧？！"
丁奉打趣阿亮道。
"不告诉你！"
"谢谢你！"
二师哥暂时还离不开轮椅，他拍着阿亮的后背说。
"别这么说。我心里欠着你的，一点一点还。"

表演结束后，一行人说说笑笑回到一经堂。众人刚进门，一辆豪华黑色小轿车就紧随其后，停在了一经堂的大门口。

早上，朱据醒过来的时候，床上就只剩下他一个人。

他的衣服已经从地上被放到了椅子背上搭着。朱据慌忙起身穿好衣服。

罗青云的房间，跟师兄弟们隔着一进，在靠近后院祠堂的方向，相对僻静、清幽。朱据鬼鬼祟祟地从罗青云的房间出来，生怕被人看见。刚走出两步，就被路过的郭淮看到了。

"你怎么在这儿？"

"……我刚去祠堂上完香！"

"你这都起晚了，不赶紧上功，上什么香？！"

"哦。"

朱据没再多说，赶忙跑去前院。他身后的郭淮眼珠滴溜溜转了转。

"早啊！"

"早。"

倒是青云先跟朱据打的招呼，显得落落大方。

郭淮从后院回来了之后，将张虎悄悄拉到一边，不知道在那里嘀咕些什么。说完了，俩人还讪笑。他们没有留意到身后出现的罗宪。

"没事做了是吧？"

罗宪的声音忽然出现，吓了他们一跳。赶忙跑去练功。

罗宪看了看练功场上若无其事的罗青云和心不在焉的朱据，大概明白了一二。

夜深了，青云还一个人在练功场上打桩。

自从"高桩舞狮"火了之后，罗宪就察觉到了青云的不对劲。作为师父，作为父亲，罗宪一直在想着怎么样跟青云聊一聊。

"师父，还没睡？"

青云看到罗宪，跟他打了招呼，但是手上的功夫并没有停下。

"这么用功啊，还是有心事？"

"没有。练功而已。"

罗宪略沉吟了一下。

"你记不记得我从前跟你说过的，这个世上不是只有舞狮。"

"记得。"

青云依旧没有停下手上的功夫。罗宪也不管她，继续说道：

"那你理解是什么意思？"

"师父叫我不要只争方寸之间的功夫，把眼界放宽。我做了，也做到了，但……我没想到会是这样的结果！"

青云说完，一记拳重重打在木桩上。

"这个结果又如何？时代在变，你要赢过这个时代吗？"

罗青云抬头看着父亲，她不知道该如何回话。

"对，我以为我可以。"

父亲摇了摇头，笑了笑。

"你师公和我，比武艺都在你之上，比眼界也都在你之上，我们赢过了吗？"

青云哽噎住了。直到此刻，青云才忽然发觉，她高看了自己。这并不是一个只有她才能想到和看到的问题，这也不是一个今天才出现的问题。只是从前，她不知道，甚至没有想过而已。

一个时代来了，有些东西必然消失，而有些东西则会留下，或主动，或被动。但若想留下，首先要做的就是顺应时代的变化。这是宿命，也是规律。

"有句老话：武艺再高，高不过天。资质再厚，厚不过地。青云，你看得还是短了。我不希望你困在这里。天地何其之大，不管你要见什么，还是你要过好你自己的人生，你记得，开心就好。人生其实很短，不过几十年，很快也就过去了。"

青云没有说话。罗宪似乎也不期待青云回应他什么，继续说道：

"早点回去休息吧，功夫一天是练不完的。"

刚走出两步，罗宪又回过身来。

"对了，还有朱据。……想怎么样随你，但别忘了给人家一个交代。"

提到朱据，此刻他的房间里也不消停。

"你们俩到底是怎么回事啊？"

郭淮、张虎、王基，全都挤在他的房间里，叽叽喳喳，围作一团。

"你们怎么这么八卦啊，赶紧回去睡觉！"

"我今天可是看见了！"

"你看见什么了，别胡说八道的！"

"你早上是不是从罗青云的房间里出来的？"

"不是！"

"你还撒谎！堂堂一经堂的掌事，你竟然撒谎！"

"你别在这儿给我扣帽子。这个事情是情有可原，我没法跟你们说……"

"来龙去脉我们就不管了，你就说你们有没有……"

"关你屁事！"

朱据说着将三个人推出了房门。

"他还不好意思了！"

"你们别太过分了，那毕竟是人家的私事。"

"我们过分？你还不是跟着一起听。"

郭淮回掉张虎道。

罗青云站在内堂门口，喊了朱据一声。

"师哥，师父叫你。"

朱据跟着罗青云走进内堂。师父罗宪正坐在里面。

"你愿意跟我结婚吗？"

罗青云问朱据。

这句话问得太过突然，突然到朱据完全不知道怎么回答。

片刻后，朱据回过神来。

"我不想趁人之危。"

青云听了，看着他，笑了笑。

"你愿意跟我结婚吗？"

"愿意。"

朱据回答了青云的问题，看着师父罗宪说。

一经堂要办喜事了，虽然罗青云在武行里是让这些前辈很头疼的一个后辈，但来贺他们新婚的人还是很多的，基本上各家武馆的掌事都来了，实在来不了的，也派了主事的徒弟来。此外，一经堂以往的那些客户们，也都登门道贺。为了接待这些宾客，一经堂特意借用了隔壁的篮球场来摆桌。

　　虽然现在流行婚纱西装，但青云和朱据还是选择了传统的喜服。热热闹闹的婚礼过后，两个人回到了自己的新房。他们的新房是原来青云的房间，一则比较大，二则安静。只是把朱据房间里的单人床搬了过来，和青云房间里的单人床拼成了一张双人的。

　　朱据有些紧张，一直坐在床边没有讲话。

　　"其实那天的事情，我都记得。有意也好，冲动也罢，我都会给你一个交代。"

　　朱据看着青云的脸，他从未见过化了妆的青云，竟然如此好看。

　　"你这个意思是，你会对我负责的是吧。"

　　为了缓解气氛，朱据故意调侃道。

　　罗青云听到他这么说，扑哧一声笑了出来。

　　"我出生之前，你就来了我家。"

　　"嗯，师父说是三岁。"

　　"你还记得小时候的事情吗？"

　　"模模糊糊，不太记得了。"

　　"对父亲来说，你就是他的儿子。"

"现在也是女婿了。"

"一晃，二十年就这么过去了。"

"嗯，人生很短，不过几十年。"

罗青云和朱据结婚后，对于一经堂和那班师兄弟来说，生活没有太大的变化。可能变化最大的，还是朱据。其实朱据对罗青云的心思，旁观者清，大家早就看出来了。只是不知道罗青云的心里是怎么想的。没想到，结这个婚，最后还是罗青云提出来的。

又过了一个春节，青云怀孕了。

怀孕的头几个月，青云还想舞狮，被师父和朱据拦了下来。不再舞狮之后，青云每天就是监督师兄弟们练功，或者给扎狮头的师父打打下手，帮帮忙。日子过得有些无所事事，青云的精神状态也开始有些飘忽。

朱据找到了师父。

"不然让青云做点她想做的事情吧，只要身体无碍。"

"我是怕她自己拿捏不好这个分寸。"

"没事，我监督她。"

"你还监督她？她能听你的？正好现在舞狮队里还少一个人，不行再招两个人上来吧。"

"好。"

朱据去神武堂找了一趟曹真。

"你能不能帮我个忙？"

"什么忙？"

"你教青云八卦掌。"

"啥？"

"青云其实一直想跟你学八卦掌。"

"你少来了！我还不知道你。你是怕你媳妇闲得无聊，让我给她当陪练吧？！"

"你这就小人之心了，我们是朋友嘛！"

"不干！瞧你这副小人得志的样子！磕着碰着了，我可赔不起！"

晚上临睡前，朱据帮青云揉了揉腿，青云已经开始有些浮肿的迹象。

"你不用特意给我找事做。"

青云对朱据说。

"我知道你关心我，怕我无聊。没关系的，我正好也想休息一段时间。有些事情，我还需要好好想想清楚。"

朱据大概知道她说的是什么事情，也就没有再说什么。

翌日，青云站在祠堂里，望着师祖的画像。青云点燃了线香，给师祖上了香。

青云把她的青狮狮头摆放在了师祖画像的旁边。

"有些日子不能跟你一起上场了，你先在这里待着。"

青云将头抵在她的青狮头上，几滴泪默默掉了下来。

不久后的一天，朱据早上醒来，发现罗青云不见了，不知所终。

10

师父朱据、师公罗宪和姜维的爸妈坐在内堂议事厅里。

"罗师父、朱师父……"

姜维的爸爸说着将厚厚一个信封放到了桌子上。

"这些年，辛苦你们对姜维的栽培。现在时代不同了，科技时代，舞枪弄棒的没有出路和未来。因为姜维自己喜欢，所以这些年我们也没有特别干预他的选择。但是如今，我们做父母的年纪也大了，也是时候为姜维的未来考虑考虑了。"

"我已经十八岁了，我不能够自己决定我的未来吗？"

屋里大人们正在说着，姜维在门口听到了爸爸的一番话，忍不住冒出来。

"陈到，先带姜维下去等。"

"是，师父。"

陈到拉开了姜维。

"你先别着急，还不知道师父跟师公会怎么说。"

"师父和师公又能怎么说呢？最多是劝说一下我爸妈，听听我的想法。但如果爸妈强行要把我带走，我让师父和师公挡在我前面，也无非是让他们更难做罢了。"

"唉……难得你懂这份心。"

姜维还是胳膊拧不过大腿，跟爸妈走了。走之前，姜维带走了那一对鼓槌。

"师父，我想留个纪念。"

"好。阿维，你八岁来一经堂，一晃也十年了。如今虽然不讲'一日为师，终生为父'那一套，但一经堂永远是你的家。什么时候想回来，就回来看看。你聪明，这些年打下的功夫底子也好。日后强身健体，当个兴趣爱好，能不放下，就别放下。功夫在身上，总是自己的。"

"师父！"

姜维一头扎到朱据的怀里，号啕大哭。此刻，平日里独善其身、少年老成的姜维，全然不在了。不是为了家人的打算，也不是为了将来的出路，只是为了不让师父和师公难做，姜维跟着爸妈走了。

送走了姜维，朱据一句话都没有讲，便回了内堂。

"你说师父心里在想什么？"

"能想什么呢？舍不得放走，又不能留。师父心里现在应该挺难过的吧。好好练你的功吧。"

陈到对丁奉说。

姜维走后的日子里，阿亮暂时填补上了他鼓手的位置。马良逐渐恢复了身体，重新举起了他的红狮。一经堂舞狮表演的订单，依旧不多不少。日子就这样过着。

过完了跨年，是春节。过完了春节，下一次开学的时候，阿亮就要回到学校去继续他的学业了。

才刚过了春节，天气就热了起来。

"吃饱了，就想睡觉。"

丁奉躺在阴凉下的躺椅上，一边嘬着冰棒一边说。

"就你最会躲懒！马良，你也不管管他。"

陈到看不惯地说道。

"不着急，看我下午怎么整治他。"

马良一边说笑着，一边往门口去。迎面险些撞上一个人。

"你找谁？"

马良问。

"你是谁？"

对方问。

这问题问得可笑。马良禁不住笑了出来。

两个人正在打哑谜的时候，阿亮探了一个头出来。

"钟繇？"

"阿亮！"

钟繇扔下背包，大叫着跳到了阿亮的身上，抱住他。

听到钟繇的声音，丁奉、李恢和陈到也走了过来。

"师兄弟们，我钟繇又回来啦！这一次我可是正大光明地回来的！我十八岁了！看！"

钟繇把自己的护照亮给大家看。

"对了，姜维呢？怎么没看见他？"

大家都沉默了一下。

"原来你就是钟繇，你好，我是马良。"

马良走到钟繇的面前，自我介绍道。

"原来你就是马良师哥！我常常听阿亮提到你！你身体好了！"

"嗯，好了。"

"恭喜你！"

说着钟繇又抱住马良。搞得马良有些尴尬。

听到外面的吵闹声，朱据师父和师公罗宪从内堂走了出来。

"我说大中午的怎么这么热闹，原来是钟繇回来了。"

师公笑着说。

"师公！"

钟繇大叫着跑向师公。

"你怎么没告诉我这位师妹这么……"

"热情？"

"闹腾。"

阿亮听了马良的形容，哈哈大笑。

"她上次来的时候不这样。"

马良不可置信地看着阿亮。

一众人聚在内堂里，听着钟繇宣讲。

"报告师公、师父，我这次可是带着成绩回来的！"

"哦？说说。"

钟繇亮出自己的护照。

"首先，我十八岁了，法律上是个成年人了，我不再需要监护人了。"

"这算什么成绩？"

丁奉调侃道。

"你别打岔！"

钟繇又拿出了一块银牌。那是全国武术大赛的奖牌。

"上次我跟爸妈回去之后，挨不住我的苦苦哀求，爸妈送我去学了八卦掌和梅花桩。其实我早就回到国内来了，但是我在等着参加武术比赛。我想着，要是我拿了奖牌，我就回来一经堂。要是没有，我就偷偷回去再学，等学成了再来。总之，我要带着荣誉归来，让你们惊艳一下！"

"确实惊艳！"

师公不无赞许地说。

"师公，上次走的时候，你答应过我。等我能够证明自己的时候，你就要扎一个狮头给我！"

"是，有这么回事。"

"那你现在可以扎狮头给我了？"

师公笑了笑，没有说话。

师公站起身，往他的工作间走。

钟鑫瞪大了眼睛，跟着师公，等待着属于她的惊喜。

师公从工作间里，端出一个狮头。那是一只黑色的狮头，一边的耳朵还少了半个。这就是赫赫有名、好胜斗狠的张飞狮。

钟鑫欢叫着跑上前，迫不及待地举起她的狮头，左看右看，爱不释手。

"狮头现在还没有开光，等挑一个好日子，让师父给你举行点睛仪式。狮头点了睛，就有了灵魂，就是活的了。你要善待它，你们之间也要好好相处。"

"是！我知道的！"

"你怎么知道？"

"我舞过二师哥的红狮，我知道那种感觉。"

钟鑫说着，望向了马良。马良心领神会，内心里想着，原来是她唤醒了红狮，使得红狮叫醒了自己。

入夜，阿亮一个人爬上祠堂的屋顶。他在屋顶上看到一个熟悉的身影，是那头青狮。

"你在这儿干吗呢？"

青狮望着月亮，没有搭理他。

"你这么重，也不怕把屋顶压塌了？！"

青狮转过头，瞪了阿亮一眼。阿亮没再吱声。

"这几个月，谢谢你。你教会了我很多，是我从前在学校里没有学到过的。也许……这就是爸爸说的，我不行的地方。"

青狮只看着他。阿亮继续说道：

"你的这些功夫，都是你从前主人的吧？"

阿亮叹了一口气。

"如果你会说话就好了。如果你会说话，我想问问你的主人是谁？是不是妈妈？她去哪儿了？现在又在哪儿？"

　　青狮依旧只是看着阿亮，不过目光中多了一丝动容。

　　"你选中我，一定是有原因的。你想让我为你做什么？"

　　青狮张了张嘴，忽然看到阿亮的身后出现了一个人影。

　　"你一个人在这儿嘀咕什么呢？"

　　是丁奉。

　　"我没说话啊。"

　　"瞎说，我刚才明明听见你说话了。"

　　丁奉回呛阿亮道。

　　青狮还在阿亮的旁边坐着，但是丁奉看不到。

　　"你说，怎么有的人那么容易就能够得到属于自己的醒狮？那我什么时候才能够拥有属于我自己的狮头？"

　　"你跟钟鸳是不是八字不合？"

　　"嗯，我嫉妒她。"

　　"唉，我羡慕她。"

　　"羡慕什么？"

　　"羡慕她想做什么就可以去做，可以义无反顾地去做一件事。羡慕她的世界单纯得只有舞狮。"

"你也可以。"

"我？我不行。"

"为什么？"

"从前的我，一味只想在师父面前证明自己。当我意识到自己的问题和差距之后，我明白了，距离我想要的东西，我还差很远。而且……"

"而且什么？"

"而且我的心里，还有许多的疑问没有解决。再加上姜维走了之后，我忽然发现，这个世界有些东西在变。一经堂是我的家，我从小就接受了舞狮，接受了这个设定。但不是这个世界上所有的人都会这么认为。我不知道一经堂明天会走到哪里，也不知道师父和二师哥的心里，是不是也有一样的疑问和烦恼。"

"唉……还不如不跟你聊天，跟你聊完了，我更烦。"

"那你呢？你为什么不行？"

"我的答案简单又残酷。我知道我的天花板在哪里，而且，我差不多已经碰到它了。"

"如果是你低估了自己呢？"

"不。既不低估，也不高估，我只是比较了解我自己。"

丁奉心酸又自嘲地笑了笑。

"你不偷懒就好了！"

阿亮又想了想说。

"放心吧，你也会遇到你的机缘的。"

阿亮说着，看向了青狮。

钟繇得了黑狮，开心得跟什么似的，练功的时候也更加认真、刻苦。

钟繇回到一经堂以后，一经堂就有了两头狮子，一红一黑。马良跟陈到搭手，钟繇跟阿亮搭手。丁奉开始学着打鼓，而李恢则要兼顾锣镲。

不过，这种组合搭档了没有多久，阿亮就开学了。

阿亮回到学校，得到了来自张承和甘宁的热烈欢迎。

阿亮开学一周回来后，钟繇问他：

"开学好玩儿吗？"

"还行。"

阿亮看了钟繇一眼。

"你还想读书吗？"

"不想。"

钟繇很肯定地说。

"不过，我想去你们学校看看。"

"行啊！这有什么问题。我还可以介绍我的朋友给你认识。"

"这是张承，我在学校里的舞狮搭档。"

"Hi～"

张承贱嗖嗖地和钟鬶打招呼。

"钟鬶是我在一经堂的舞狮搭档。"

"你好。"

甘宁对钟鬶说。

"这是甘宁，算是我的发小，我们从初中开始就是同学了。"

"你们好！"

听阿亮这么介绍，钟鬶上下打量着甘宁。

甘宁自我介绍道：

"我是游泳队的，跟阿亮不是一个专业。"

"你们在学校舞的是什么狮子？"

"红狮。"

"跟二师哥的一样吗？"

"不一样，学校里的舞狮不点睛。"

张承和阿亮回答着钟鬶的提问。

阿亮、张承和甘宁带着钟鬶在校园里逛了一圈。最后他们回到了练功房，一边吃着零食，一边聊天。

"听说，你有自己的醒狮？"

"对！我舞的是黑狮，就是张飞狮。我刚来一经堂的时候，就从师公那里看到了这头狮子。当时我就想，我一定要在两年之内得到它！"

"好厉害，你比阿亮厉害多了！"

甘宁赞许道。

钟蹮看了一眼阿亮。

"阿亮也很厉害！"

"你这么小就有了自己的醒狮，阿亮还没有自己的狮子呢！"

"阿亮很快也会有的！"

"你怎么总替阿亮讲话？"

张承饶有趣味地问钟蹮。

"因为阿亮是我的搭档啊！"

钟蹮看着阿亮，笑靥如花。

张承和甘宁对了一下眼色，偷偷笑了笑。阿亮看到了他们的小表情，有些尴尬。

很多人已经大三了，阿亮还在大二的下半学期。

开学后，一些有了男女朋友的，陆陆续续都搬了出去。宿舍里就剩下阿亮和张承两个人了。

"我觉得钟繇喜欢你。"

"你别瞎说。"

"真的，太明显了，一个十八岁的女孩子能藏住什么啊。"

"说得好像你多懂女生一样，你谈过几个？"

"你甭管谈过几个，旁观者清。你看着吧，我可以跟你打赌。"

黑暗中，张承说完，翻个身去睡觉了。

阿亮想了想，觉得无厘头，也就睡过去了。

又是一年天后诞，这一年看起来，好似比往年要热闹些。

因为清明节小长假，张承和甘宁闲得无聊，阿亮就把他们叫到家里来玩。这还是张承和甘宁第一次正式来一经堂做客。阿亮简单向爸爸和外公介绍了他们。

"你昏迷的时候，我经常去医院看你。"

甘宁对马良说。

"真的？"

"是啊，我跟阿亮交替着去，阿亮没时间的时候，我都会去看你。"

马良有些不好意思地看着甘宁傻笑。

"阿亮跟我说，要和你多说话。我也不知道要跟你说些什么，我记得你之前讲话蛮哲学的，我就给你读了很多哲学方面的书。"

"哈哈哈哈……难怪，我醒了以后头还是昏昏沉沉的。"

马良很少笑这么大声。

"那我醒了你为什么不来了？"

"就……你醒了，人没事了就好了。"

马良笑着看着甘宁。

不远处，阿亮看着有说有笑的甘宁和二师哥。

"今年的天后诞，让钟繇和阿亮上吧。正好借这个日子，给钟繇的狮头开光。"

"好。"

师父朱据和师公罗宪在内堂商量着。

"放假了，你们也别总在家里待着，去海边玩玩吧，给你们放两天假。"

"真的吗？"

丁奉兴奋地嚷道。

朱据师父给了马良一个红包。

"你带师弟师妹们出去玩两天。"

"家里就您和师公……"

"没问题的，你们不在，我们俩也清静两天。"

马良带着师兄弟、师妹和甘宁、张承，一行八个人，开开心心坐上了去海边的火车。

一路上，丁奉和李恢一直在打游戏，陈到和张承讨论着舞狮的技术。马良和甘宁有一句没一句地聊着，好像多年的老友。钟繇一直在自顾自地跟阿亮说着什么，阿亮偶尔回两句，偶尔看看窗外，更多时候则是装作不经意地偷瞄着甘宁和二师哥。

海边的风，咸咸的，带着一丝苦味。

最近这一年发生的事情太多，每个人的心中都好似装着一个包袱。借着这一天的春游，他们尽情在海水里打滚，想要让海浪将这一切都带走。

八个少年，连衣服都没有换，就直接扎到了海里。

马良水性不好，甘宁就教他游泳。甘宁不知道做狮头的感觉是怎样的，马良就将她托举了起来。

"原来，醒狮站起来的时候，视野是这样的。"

"怎样的？说说你的感觉。"

"我觉得，我可以看到海的那一边，又像看到了这天地的无尽，心一下子就大了。"

"嗯，我每次也有一样的感觉。"

听到马良这么说，甘宁对他笑了笑。

"你觉不觉得二师哥跟甘宁很聊得来？"

"是吗？"

阿亮心不在焉地回答着钟繇。

晚上，他们决定不去餐厅吃饭，自己在海滩上烧烤。

陈到和张承到附近的超市采购了很多食材。马良和丁奉、李恢生起了火堆。

阿亮和甘宁、钟繇去租了一个帐篷，简单扎了起来。

农历月初，天上还是一弯新月。但这一天的月亮很亮，照得海面上油亮地黑。风不大，海浪一层一层沙沙地拍在岸边。

他们玩了几轮狼人杀，没有啤酒了。阿亮主动请缨去附近的便利店买酒，钟繇本来说要跟他一起去，被阿亮婉拒了。阿亮说自己一个人可以，一会儿就回来了。

阿亮没有直接去便利店，而是先一个人来到了便利店前的海边，静静地看着海浪拍打在礁石上。

第二天他们约好了出海海钓。

陈到、马良和张承都钓到了鱼。阿亮心不在焉的，每次鱼饵脱钩了都不知道。

"我们是来钓鱼的，你是来喂鱼的。"

张承抱怨道。

而钟繇和丁奉、李恢三个人，则没什么耐心，一条都钓不到。三个人吵吵嚷嚷的。最后甘宁干脆下去潜水，帮他们抓了几条上来。

晚饭是二师哥和甘宁做的，他们俩很擅长做鱼。

半夜，阿亮睡不着，一个人在便利店的门口坐着。

明天就要回去了，这两天虽然看了海，钓了鱼，大家玩儿得很开心。但阿亮的心里总是隐隐地有一种失落感。他自己也说不上来是什么。

第二天回禅城的火车上，阿亮面对甘宁靠窗坐着。两人不约而同看着窗外，一路上也没怎么讲话。若是不小心碰到了对方，阿亮就会像蜗牛的触角那样赶忙收回来。

这一切，钟繇看在了眼里。

短暂的假期结束后，钟鏇和阿亮就投入到紧张的舞狮排练中了，为了即将到来的天后诞。

师父为钟鏇定好了日子，在天后诞的当天为她的狮头举行开光仪式。这个仪式由朱师父亲自主持。

这一阵子为了能够抓紧时间训练，阿亮每天放学后都回家住。但又不想因此而减少了跟甘宁见面的机会，于是没事儿就往游泳馆跑。

"你要不转专业到游泳队算了！"

甘宁的同学调笑他。

阿亮也不介意，笑笑就完了，偶尔还会给她们带一些零食。

"你之前休学这么长时间没见，也没见你来找过我。最近这是怎么了？"

"没事，就是想给自己换换脑子，不然就全都是舞狮了。"

这一届的天后诞与以往不同，出场亮相的是黑狮。这是很少有的传统。

但既然钟鏇敢舞且能舞黑狮，就要有能够配得上的武艺。黑狮好斗，因为打架，还打掉了半只耳朵。舞黑狮的钟鏇，就要拿出高水准的本事来。虽然舞狮的年头不长，但钟鏇的狮，胜在一个生猛。

钟飀不在一经堂的这段时间里，苦练了八卦掌和梅花桩。如今再上高桩，钟飀的功夫稳得很。倒显得阿亮有些信心不足。

朱据师父根据钟飀的武艺与个性，特意为她设计了这一场舞狮的主题，取自张飞大闹长坂桥的典故。在动作上，主要展现在高桩上的反复横跳与截断，展示狮子下盘功夫的灵活多变，做出阻挡千军万马的气势。这种设计在天后宫门前的广场上会显得非常有气势，且好看。

钟飀机灵、有天分，但更难得的是用功。

夜已经很深了，阿亮已经感到有些许疲惫。

"明天早起再练吧。"

"没事，我把动作再做两遍，你先去睡吧。"

阿亮确实有些累了，白天上课，一早一晚回家还要跟钟飀练习舞狮。

回到自己房间，阿亮连洗都不想洗了，直接倒头就睡。

不知道睡了多久，正香甜的时候，忽然感觉有人狠狠打了自己一巴掌。

阿亮从睡梦中惊醒，看到青狮正踩在自己胸口上瞪着自己。

"你干吗？！"

阿亮打开了几盒猫罐头，青狮正在享用。

"有什么事情不能明天再说吗？我现在都要困死了。"

青狮吃完了，舔了舔嘴。

"话说，你这段时间去哪儿了？都没看到你。"

青狮没有搭理他，站起身，走到供桌前。青狮面对着自己的狮头，看了看阿亮。

"狮头怎么了？坏了？"

青狮用尾巴把阿亮推到狮头跟前，又指了指日历上天后诞的日子。

阿亮不得其解。思忖了一会儿，恍然大悟。

"你想让我天后诞舞你啊？！"

青狮沉静地凝视着阿亮。

"不行！"

听到阿亮拒绝，青狮的脸上开始浮现出怒意。

"不是，你先别生气。我真的不行！"

阿亮喘了一口气，继续解释道：

"虽然师父让我天后诞舞狮，但我是给师妹搭手。但如果让我来舞狮，那师妹怎么办？总不能是两头狮子对打吧？！"

听到阿亮这么说，青狮低吼了一声。

"不行！你想都不要想，打死我也不干！"

阿亮说完转身想要向外走，回房间睡觉。怎知青狮一个摆尾，将祠堂的门窗全部关上，将阿亮拦截在了祠堂里。

"师公，我有事想跟你商量。"

阿亮拎着两碗双皮奶，溜进了师公的工作间。

师公早上到青狮祠上香之后，对身后的朱据师父说："等一下把青狮请下来，我想给它补一补。"

"师父怎么突然……"

"唉，人老了，到了天后诞的时候，总是会想起来。"

马良、陈到帮师公把他的工具搬到了祠堂里，师公罗宪在祠堂的一侧临时搭建了一个工作台。师公先是仔细拂去青狮头上的尘土，慢慢将旧狮头理顺后，对症下药，拟定好狮头的修复方案。这个狮头已经扎了二十多年，从前用的工艺、材料，如今有些都找不到了。师公只能从自己保存的材料里面，尽量找出适合这座狮头的。

朱据寸步不离地看着自己的师父一点一点修复着

这座狮头。

"今年的天后诞，要不拿出来舞一舞吧。"

朱据闻言，吃了一惊。

"不然就这么放着，也放坏了。"

朱据心里不接受的并不是舞青狮，而是谁来舞。在他的心里，这座狮头只属于一个人。

"让阿亮舞吧。"

罗宪像是看透了朱据的心思。

"虽然说，阿亮的功夫远不及青云，但毕竟是她的孩子。我相信多多少少还有些天分和血脉的继承。你也不要老对自己的孩子要求那么高。时代不同了，阿亮在学校里也是佼佼者。古往今来，大家下功夫的地方和方式变了而已。"

吃过晚饭，朱据将阿亮叫到一边。

"打一套南拳来看看。"

阿亮依话打了一遍。

"动作标准，但力量不足，而且不够灵活。明天开始，你先不要配合钟骉练桩了，我单独指导你。"

"是！"

"对了，天后诞……你跟陈到搭手，舞青狮。"

朱据师父说完，转身走了，留下阿亮一个人，站在原地许久。

中午在学校食堂吃饭的时候，阿亮和甘宁聊起爸爸让自己天后诞舞狮的事情。

"我总觉得这头狮子怪怪的。"

"哪里怪？"

"说不上来，反正……就是怪怪的。"

"你不懂，我们舞狮的人，都有一个属于自己的狮魂。"

"瞧给你得意的！但它不是你的啊！而且我感觉你们之间也不是搭档的关系，它更像是你的主人。"

听甘宁这么说，阿亮有些黑脸。甘宁赶忙往阿亮的碗里又多夹了一块叉烧。

"你别给我夹了，你都没怎么吃。"

"我最近减重，你给我们队里买了那么多零食，我们全胖了，被你害惨了好吗！"

阿亮讪讪地笑了笑。

"我越来越肯定，这个青狮，是我妈妈的。"

"是吗？"

"嗯。我有感觉。我知道它有自己的目的，但我不知道是什么。"

阿亮喝了一口冻柠茶送了送饭，继续说道：

"一开始它刚出现的时候，我以为它是敌人。后来它教我舞狮的功夫，我觉得是朋友。但是马上天后诞了，让我舞青狮这件事情，是它提出来的。虽然我不知道它具体想干什么，但是回想起来，每一步都是它在安排着我。我感觉，它是要告诉我什么。不知道，也许天后诞之后就有答案了。"

罗宪师公修好了青狮狮头。师公的手艺上乘，修旧如旧，破旧的胡须和耳朵都已经补上了，但并没有消解掉青狮身上岁月的痕迹。

天后诞当日的早上，在朱据师父的主持下，完成了黑狮的点睛仪式。钟𬴂算是正式拥有了自己的狮头。

一经堂早早到了天后宫门前的广场，开始准备今天的舞狮。

"今天是高桩舞狮，而且还是两头狮子对打。高桩要稳。"

"是，师父。"

结合"张飞大闹长坂桥"的情节设计和两只舞狮对打的动作设计，师父朱据特意将高桩按照高低错落的次序来设计摆放。

庆典仪式开始了。黑青两狮先后出场。

黑狮先亮相，钟蹂的黑狮，像她的人一样，俏皮、灵活。为了配合黑狮，今天钟蹂特意穿了一身黑色的舞狮服。但为了彰显自己的特点，脚上则踩了一双粉色的鞋子，甚是夺目。

"喂，身型小小的，会不会是个女仔啊！"

"不知道，要真是的话，还蛮酷的。女孩子舞张飞狮欸！"

"是啊！"

围观的人一边看着钟蹂舞狮，一边窃窃私语道。

黑狮一个亮相后，青狮上场。阿亮的青狮一上场，就引来了一阵骚动。

虽然是一个旧狮头，但阿亮手里的狮头目光如炬，威风凛凛。如青狮所代表的大将赵云一般，有着压倒性的气质。而狮头里的阿亮，也好似开启了自动驾驶的模式，不管自己能力如何，此刻都感觉不是他在操控青狮，而是青狮在操控着他，就连大师哥陈到都在阿亮的身后悄声嘱咐阿亮慢一点。

　　黑狮和青狮站到相对的两侧位置，各自从矮处上桩。黑狮侧空翻上桩，而青狮则是托举上桩。上桩后，黑狮率先发起了攻击的姿态，做了一个狮吼迈步的动作。而青狮则不紧不慢，于远处观察。

　　一番惟妙惟肖的观察动作后，青狮连续几个跳跃动作，跃至黑狮面前，两头狮子近在咫尺，针锋相对。黑狮连续几个横扫千军的下盘动作，逼得青狮步步紧退。但青狮一个空翻，竟然跳到了黑狮的背后。下面围观的观众一片叫好。

　　"好惊险！"

　　"好厉害！不愧是一经堂的舞狮，有设计，有技术！"

　　黑狮急转回身，迈出两个麒麟步，眨着眼睛观察青狮。对峙中，青狮则用前脚捋了捋胡须，一副长者为尊不紧不慢的样子。黑狮不服，一个摆尾接连一个横扫的动作，逼得青狮无处落脚。而青狮则顺势跳到矮桩上，从一侧跳到另一侧，绕过了黑狮的攻击。青狮远距离跳跃的能力，引发了现场一片惊呼。

　　钟鑫高举着狮头，气喘吁吁，望着在低处的青狮。阿亮也望着对面的钟鑫，钟鑫笑了笑。

　　黑狮回转身一跃，跳到了自己一方的制高点。这一场武斗，以张飞据水断桥，阻挡住了对手的追击而结束。

锣鼓镲声再次响起，黑狮向现场围观的人群一一致敬。就在此时，阿亮的青狮默默跳上了高桩的最高处。这一动作，是阿亮不由自主地做出的。

青狮一跃，立起上身，目光眺望向远方。这一瞬间，在场下观看的朱据浑身好似被电击到了一般。这个动作，不正是当年罗青云和她的青狮在天后诞上首次亮相时的结尾动作吗？这是罗青云特有的动作，也是她最偏爱的动作。

这个亮相结束，青狮仰头望天，忽然一跃而起。朱据眼见一个青狮模样的狮子腾跃到了空中，消失不见。留下原地站在高桩上一脸讶异的阿亮和陈到。

他们手中的青狮头，也随着青狮一起消失了。

一经堂又出奇闻了。

阿亮跪在祠堂里，如今祠堂的神位上空空如也。

朱据师父手里拿着家法。

"说！怎么回事？！"

马良、陈到他们围在祠堂外面。

"马良，把祠堂的门关上！"

　　马良听从师父的命令，将祠堂的门都关上了，拉着师兄弟们回到前院。

　　"什么情况？"

　　陈到摇了摇头。

　　"今天真是奇了！"

　　丁奉和李恢还在慨叹。

　　马良和钟繇则面面相觑。

　　阿亮将青狮如何出现，以及这些日子发生的事情一一讲给了爸爸听。

　　"你为什么早不跟我讲？"

　　"我不知道该怎么说。这件事情听起来很奇怪，但是后来二师哥跟我说，每一个舞狮的人都有自己的狮魂。虽然我知道青狮不是我的，但既然它选了我，我就想弄清楚我跟它之间的渊源。但是今天，没有想到……"

　　朱据将家法放在一边，颓然地坐在了椅子上。

　　阿亮没动，依旧跪着。

　　"你有的时候，还挺像我的。"

　　阿亮奇异地看着爸爸。朱据师父继续说道：

　　"有的时候，在我们的心里，明明是没把握的事情，却装作自己好像很有把握的样子。憋在心里，总以为凭借一己之力可以解决掉这些问题。最后得到的结局，也往往只是高估了自己。"

朱据叹了一口气，将青狮的来历讲给了阿亮听。

"其实我后来猜到这座狮头是妈妈的了。但别的狮魂不像它，这么强硬，有主见。"

"那是因为……你妈妈把她的执念，给了这座狮头。"

11

1998 年。在罗青云消失了几个月后的一天，她忽然出现在了一经堂的门口。

罗青云回来了。

"你去哪儿了？！你知不知道我们找你都要找疯了！"

朱据从来没有如此大声对青云讲过话。

罗青云回来时，肚子已经大了起来。除了样貌上有些邋遢，精神上还好。

青云回来的时候，手里就只拎着一个狮头，是她的青狮。

青云径直走向了后院的祠堂，将青狮头摆在师祖画像的旁边，郑重其事上了炷香，随后便走出了祠堂。

从那以后，青云再也没有舞过狮。

又过了几个月，青云生下了阿亮。

对于青云的变化和决定，朱据一直没有问，也不敢问。他怕一问，很多事情就再也没有办法回头了。

青云生下阿亮后，除了照顾阿亮，也会分一部分精力训练武馆里的新人。

高桩舞狮是一经堂首创的招牌，虽然这种表演形式不再罕见，而且很多武馆都在青云开创的基础上，增加了各种各样的动作技巧和玩法，使得高桩舞狮变得眼花缭乱。但是青云与旁人不同，她依旧不会放松对学员武术基本功的训练，达不到青云的要求，则轻易不会让其上桩。

马上就是新世纪了，人们的心越来越浮躁。本来肯学武的人就已经不多了，再加上青云的要求严格，很多人挨不过第一周，就纷纷离开了。

一直找不到合适的人接替青云的位置，朱据也有些着急。

"现在很多人都不是从小练功夫了，挑选和培养一个人出来是很难的。你不要灰心。"

"我没事。"

"等阿亮长大了，你想教他什么？"

朱据赶忙转移了话题。青云看着朱据，明明才是二十岁出头的人，都已经有白头发了。

"师哥，我知道我不懂事，我不是一个好妻子，甚至也不是一个好妈妈。但是，我想我至少可以做一个优秀的武林中人。这几个月，我想了很多。你要做的事情，我怕我帮不到你了。"

"青云，你在说什么？"

"我知道时代在变，很多旧的东西，只能眼睁睁地看着它们没有了。后来的人，如果打一开始什么都不知道，也就什么都不会懂。我知道我改变不了什么，我能做的，只有选择。我选择用我自己的方式，尽量留住它们。至少从我手里出去的武艺，要对得起我自己。我知道世道变了，人心也变了。人心浮躁，人们没有那个耐心去等待一个东西开花结果，也没有兴趣从一个偶然的事物中，去获得新的可能性。人们只想追求看得见、摸得着的东西，那些东西，让他们觉得踏实。世事没有对错，我们都只能在自己能力的范围内，去尽量做出遵从内心的抉择，做到我们想要的那个结果。人生，也不过仅此而已。"

"你不要想太多了，我听别人说刚生完孩子，会比较敏感，人生也会进入一个新的阶段。我知道你最近心情起伏比较大，先别想太多。我想，事情总会好起来的。"

朱据安慰青云道。青云只默默点了点头。

但终究，在阿亮断奶后，罗青云还是离开了一经堂，再也没有回来。

"那是因为……你妈妈把她的执念，给了这座狮头。"

自那天后，爸爸的这句话，一直盘桓在阿亮的心头。

看到爸爸难过的神情，阿亮不忍心再追问。但是这个谜放在心里，也让阿亮寝食难安。或许解开了这个谜题，他就能够知道关于妈妈经历了什么以及到底去了哪里的真相。

阿亮不想等了，他决定去问问另外一个可能知道的人。

但是，师公不见了。阿亮房前屋后找了很多遍。

师公已经七十五岁了，虽然说平日里身体还可以，但人上了年纪，就怕有一些突发情况。阿亮把一经堂找了个遍，也没有见到师公。

"师公不见了！"

阿亮紧张地跟朱据师父和二师哥马良说。

"什么？！"

"我找了他一早上，都没看到他。"

"你给师公打电话了吗？"

朱据问阿亮。

"打了，但是没有人接。"

"会不会是在外面晕倒了？现在太早，路上人还不多。"

马良担心地说。

"再打，一直打，如果真的是晕倒了，路过的人会听到电话铃响。"

正说着，阿亮的电话打通了。

"师公，你在哪儿？我们都急坏了！"

朱据、马良和阿亮三个人，按照师公给的地址找到了他目前所在的位置。

这是一栋老旧的居民楼。

"师公来这儿干吗？"

阿亮问。

"师公电话里怎么说的？"

"就说，叫上阿据、阿良，你们三个来一趟。"

阿亮模仿着师公的声音说。

"别猜了，上去就知道了。"

朱师父说道。

一行人来到二楼，在长长的走廊上七拐八拐之后，走到一户人家门口。门半掩着，马良敲了敲。

许久，里面走出来一个人，一位三十岁上下的年轻人。

"你好，我们是……"

"一经堂的人是吧，快请进。"

进去之后的场面，让朱据、马良、阿亮三人吃了一惊。

外面虽然是白天，但是屋子里黑漆漆的。房间不大，是一个单间。屋子的一边停放着一具棺材。

"自我介绍一下，我是殡仪馆的工作人员，我姓吕。"刚刚开门的那位年轻人说道。

"这位是……"

"这位老人在家中去世几天之后，邻居觉得不对劲，报了警。经过法医鉴定，是自然死亡。我们没有找到跟死者相关的联系人，还是看到墙上的照片之后，联系了一经堂，找到了罗宪老先生。"

顺着吕先生说的线索，他们看到了挂在墙上的那张早已泛黄的老照片。

照片里面，背景是一经堂的大门口，挂着一经堂三个字的牌匾，样子跟今天差不多。前景是两排弟子，统一着黑色裤子，白色老头衫。前排正中央，一袭长衫，布鞋，跷着二郎腿的，是他们的师父，也就是阿亮的师祖。师祖的左边是师公，右边就是刚刚去世的师叔公。可见，他们二人是师祖最得意的弟子了吧。阿亮心里想着。

师公此刻只默默坐在椅子上，没有讲话。

师叔公的灵柩还停在屋子里。

"既然人都到齐了，接下来您这边打算怎么办？是直接火化，还是……"

"师叔公没有其他的亲人了吗？"

阿亮问道。

"据听说，老先生有一个儿子在海外，但是很多年没有联系了。"

"劳烦你，我们想办个简单的仪式，不知道可否借贵馆一用？"

师公忽然开口道。

"可以的。"

马良和吕先生交换了联系方式，吕先生便先行离开去安排灵堂的事情了。

"马良、阿亮，你们两个回家，把我工作间里的白狮狮头拿来，还有祭拜的东西。阿据，你跟着我。"

马良和阿亮先行回了一经堂。

"我怎么从来都没有听外公提起过这位师叔公？"

"我也只是偶尔听师父提起过一次。"

"说来听听。"

"你知道师公的腿是怎么伤的吗？好像就是拜这位师叔公所赐。"

"What？"

"我也只是听说。师公三十多岁正当年的时候，就受了伤。大概是在一次械斗中，被师叔公伤了腿，伤得很严重。从那以后，师公就再也没有办法舞狮了。等到师父刚满二十岁的时候，师公就将一经堂交给了他打理。"

"那外公没有跟他要个说法吗？"

"这怎么给说法？我只听说这位师叔公的人品，有些……"

"难怪他的儿子也多年不跟他联系了。"

"详细的情况，也未可知，但师公的腿，肯定是跟他有关系的。所以后来在一经堂，也没有怎么听过他的名字。"

"现在他去世了，又找到一经堂来办理后事。"

"算了，死者为大。我看师公的神情也很凝重，不知道他心里是什么滋味。"

听马良这么说，阿亮若有所思。

曾经是同门师兄弟，但在那个身不由己的年代里，师叔公做过一些错事。

师公年轻的时候，是南方很优秀又很有名气的武师，深得洪拳的真传，武德又好，师祖已经有意将一经堂传给他。师公独创的舞狮动作和青阵，很受当时寺庙、商会乃至商铺的欢迎，很多人也会慕名前来拜师。

但难以预料的是，时代的变化。

不知道从什么时候开始，人们改变了信仰和立场，每个人都变得戾气很重。人与人之间的关系，开始变得淡薄。也就是在这个时候，师叔公的立场也变了，他变成了师公不认识的人。

后来，他们之间有了一些矛盾。在一次冲突中，师公的腿被师叔公打断了。几根钢钉将师公的小腿穿透，当场血肉模糊。后来伤口感染，险些截肢。如果不是遇到了宗老板举荐名医，师公恐怕早就坐轮椅了。

再后来，师公舞狮肯定是不行了。即便如此，师公还是继承了一经堂。

继承一经堂之后，身体上的创伤并没能削减他对舞狮的热爱，于是转而学习如何扎狮头。师公在习武方面有灵性，做狮头也很灵，没要多久他扎的狮头也开始远近闻名。

"但不管怎么说，抛开这件事情，师叔公确实也是武林上的前辈。曾经一招'拈花一笑'，也是天下无敌，风头无两。"

马良又补充道。

"对了，我还没问你，你早上找师公什么事？"

"没什么。"

阿亮看向车窗外，搪塞了过去。

如今，师叔公后继无人，一经堂的弟子要以后人的身份出席他的葬礼。按照舞狮的传统，师叔公的最后一程需要由孝狮来送。

孝狮就是白狮，即马超狮。典故出自马腾被曹操所杀，马超兴兵二十万为父报仇。全军白马白甲，戴孝出征。

在这场仪式上，师公罗宪想要亲自送一送自己的师弟。

因为是白事，且比较突然，现场没有更繁琐的仪式了，一切从简。

配合舞狮的，只有阿亮的一台鼓。

阿亮的鼓点，肃穆、哀悼。马良主持着现场的环节。现场没有前来吊唁的宾客，只有一经堂的人，默默送着师叔公于禁的最后一程。

"师父，还是我来吧。按规矩，也应该是我来。"

"没事，我想亲自送一送他。"

罗宪师公说着推开了朱据的手。朱据也不敢走远，在一旁护着，生怕师公身体不支而倒下。

阿亮打出生记事开始，还是第一次见师公舞狮。因为是白事，一切都与日常的舞狮不同。

孝狮匍匐而行，头低垂，眼半合。上香，绕棺三圈，以尾退出。最后狮头一同火化，与逝者一同升天。整个过程庄严、肃穆。这个人的一生，以及过往在这人世间的恩恩怨怨，也会随着这场仪式而烟消云散。

阿亮的鼓点响起，师公起手的动作，便可看出当年的威风。一经堂以硬桥硬马的功夫起家，能够从师祖的手里接下一经堂，师公的功力可想而知。

但师公毕竟年纪大了，起舞几个动作下来，便有些喘，脚下也变得不稳起来。

"师父！"

罗宪一个踉跄，朱据师父马上接过了师公手里的狮头，继续完成舞狮送行的仪式。

仪式过后，天空下起小雨。阿亮好似听到了天空中，孝狮渐行渐远的低吟。

虽然与这位师叔公素未谋面，但看到师公和师父的样子，马良和阿亮的心里都有些沉重。

两人并肩站在屋檐下，抬头望着天空中飘落的雨滴。雨滴落在地上，融进泥土里。这天师叔公的离去，对所有人来说，都好似一个时代行将结束了。

13

青狮开始变得难以驯服。

自从罗青云怀孕之后，她便没有再舞狮。但武馆的日常教学中，她还是会给学员们做演示。青云逐渐发现，这座狮头开始变得难以接近。无论是演示，还是试舞，但凡接触到这个狮头的人，轻则崴脚，重则会从高桩上摔下来。就是青云本人，也不例外。

而且每每入夜后，青云总是会从青狮的梦魇中惊醒。

在和父亲说了狮头种种奇怪的情况后，父亲建议青云把这座狮头送走。舞狮行业里曾经有过这样的事情，如果这座狮头不再是代表正义、镇邪的醒狮，那就要把它送走，避免产生更多的麻烦。所谓送走，也就是一般的狮头完成自己一生的使命之后，像送走一个人那般将其火化。

罗青云舍不得。这是她的第一个狮头，是她一直想要舞的青狮。如今青狮身上所承载的戾气，青云不能说跟自己毫无关系。

就在跟父亲聊完几日后的一天夜里，罗青云追踪着青狮，跳出了一经堂的院墙。

罗青云与青狮一路打斗，追着青狮到了一片树林之中。

罗青云不知道青狮是否有意而为之，故意将自己带到这里。这片树林静默，与城市相隔，走在林间仿佛置身于另外一个世界。罗青云四下看着，又感觉这片树林似曾相识。

但眼前青云要做的，首先是解决掉这头青狮。因为它已经有了自己的意志，不再受控于青云。这对武林和一经堂来说，都是危险的。而青云执意要解决它，更重要的是，她知道，这一切都是自己造成的。是自己将对舞狮的执念传给了这头青狮，才会使得它如此暴躁、易怒，难以驯服。一旦它不再是驱邪避害的象征，而是带着执念的狮魂，那么青云能做的就只有将它收服、封印起来。

晨光熹微，青云不知不觉在树下睡着了。青狮从钻进树林后，就暂时没有了动静。

青云醒后四处看了看，只听到树林中的鸟叫声和闻到青草、松针的味道。青云深深吸了一口气，缓缓呼出，心旷神怡。

忽然，青云感觉自己身后，有一道光一闪而过，是青狮的动作对投射进树林那片光影产生的作用。青云笑了笑，她的青狮果然如她一样，动作灵活、狡黠。

青云忽然听到头顶一丛树叶的沙沙声，她抬起头，青狮正准备从树上跃下，俯冲向她。青云迅速跳开，并利用树干的反作用力，试图跳到青狮的背上。青狮好似也看透了青云的意图，忽然一个扫尾，打折了树干。

"好大的力气啊！"

青云一语双关。青狮好似听懂了她的讥讽，更加愤怒，冲向青云。

接下来便出现了好似阿亮在梦中窥见过的那一幕。

人狮大战了几个回合，难分胜负。

"先别打了，让我歇一会儿。"

青云累得气喘吁吁。

这头青狮，完全脱胎于罗青云自己的功夫，相当于她在跟自己过招。这么打下去，只能有一个结果，就是她跟青狮都耗竭而死。

"今天就到这里了。我不打了，我要休息。要打明天再打。"

青云说完，转身走向树林深处，想要找个地方休息。

走着走着，青云看到一处洞穴。

因为一路追踪青狮而至，也不曾带什么衣物，更不知道自己现在身在何处。她现在所在的这个地方，丝毫看不出现代社会的气息。青云猜测，有一种可能，这里是狮魂的世界，并不是她所生活的世界。但自己要如何出去，青云还不知道。先将青狮封印，走一步看一步吧。青云做好了跟青狮打持久战的准备。

晚上休息的时候，青云垒起一个小小的火堆，摇曳的火苗映衬着青云的面庞。比起在家里的时候，此刻的青云竟然觉得有一丝快乐，这让她想起了小时候，除了练功，跟师哥比武，再没有别的烦恼。沉浸在武林的世界里，这是青云最快乐的事情。

想着想着，青云的手轻轻放在了自己的小腹上。如今，这里面正生长着她和师哥朱据的孩子。

青云很久没有睡得这么踏实了。

简单吃过几个果子后，青云灵光一现，想到了封印青狮的方法。

　　从早上到现在，青云还未看到青狮的影子。青云走出洞穴，四处逛了逛，发现在翻过这片树林之后，是一片大漠，而青云所处的位置，则在高高的山崖之上。青云从未见过这样的风景，此刻在她的脚下，世界之大无以名状。而这个世界，是不是她的世界，还是世界之外的世界，青云无从得知。望着远处的地平线，她的心底隐隐想要迈出一步，想要去探索眼前的这个世界。正想着，身后传来了一阵青狮的低吼。青云拿定了主意，先解决掉它再说。

　　但实际情况没有青云想象的那么简单。青云与青狮之间的对峙，持续了一周之久。

　　终于在一周之后，青云利用这段时间给自己做了一杆长枪。虽然用武器对打青狮的赤手空拳胜之不武，但此刻对青云来说，赢是最重要的。

　　思忖间，青云没有半刻的犹豫，突然发力，使出长枪，向青狮脖颈处刺去。青狮微一侧身，长枪刺空。青狮再一跃，将长枪枪头踩在脚下。青云一个鹞子翻身，借力将长枪抽出，高高一跃，蜻蜓点水般从青狮头顶跳过，来到它的身后。青狮疾速转身，举起两只前爪，向青云扑来。

　　青云猛撤几步，在与青狮相距不过几寸的地方停住，又刺出一枪。青狮一个侧身跳跃，惊险躲过枪头，但被削掉了几根青色的胡须。青狮怒睁着双眼，微微张口，似低吼。

　　青狮好生气，微微颤抖着下颌，胡须也跟着一颤一颤的，缺掉的一块看起来有些滑稽。青云不觉有些好笑。

　　青狮见罗青云调笑自己，一怒之下猛扑上去。青云借力攀上身后的树，反身一跃，使出一记七探蛇盘枪。青狮不及抵挡，中了一枪。青云就势又使一枪，将青狮打晕了。

　　青云的枪，没有枪头。

　　青云用自己的衣料，遮住了青狮的眼睛。

　　一头狮，若活过来，需要点睛。若封印它，也是在眼睛。这是青云在某一天忽然想到的。

　　在离开青狮的世界之前，青云最后俯视回望了那片大漠。远处的落日照耀着金色的沙坡，好似世界的尽头。

　　罗青云回到一经堂之后，便不再舞狮。她将自己的青狮狮头，供奉在了祠堂里。朱据没有追问青云去了哪里，做了什么。虽然他很想知道，但只要青云不说，他便不问。不过从青狮狮头的惨状上，他也猜到了一二。

一天，罗宪问青云：

"要不要帮你把青狮的胡须补上？"

"不用，就这样放着吧。"

片刻后，青云说道：

"今后我不舞狮了。这座狮头，就让它摆在这里，帮我继续守护一经堂吧。"

听到她这么说，朱据虽然有些心疼，但也没有说什么。

几日后，一天清晨，天还未亮，罗青云悄悄起了床，收拾停当之后，望了望在摇篮中的阿亮。阿亮熟睡着。

青云来到祠堂，郑重给师祖和自己曾经的狮头上了香。望着那颗胡须上有些残破的青狮狮头，罗青云心中默默想着。

"师父、师哥，你们都说，人生不是只有舞狮，这个世界很大。我也曾遥望过世界的尽头，看不到边。可世界虽大，人生却是短的。走到这里，我不想再往前走了。我的世界没有那么大，我只有舞狮，我只想舞狮，以我喜欢的方式。我知道时代变了，人也变了，有些东西不是一个人的意志可以左右的。所以，我做了选择。"

青云从蒲团上站起身，执起长枪，走出一经堂。临行前，罗青云最后回望了一眼。然后打开门，走了出去。从那以后，再也没有回来。

罗青云离开一经堂一年以后，朱据默默将祠堂门额牌匾上的"祠堂"二字换成了"青狮祠"。

14

(尾声)

阿亮静静地坐在外公的跟前。如今才知道这一切，一下子难以消化，阿亮的思维和心绪还有点跟不上。

"一晃二十年了……"

外公叹了口气，说道。

"那……你们没有去找她吗？我是说，妈妈。"

妈妈这个称呼，对阿亮来说，还有些陌生，一时间，还不适应。

"有，但她是主动离开的，一来在警察那里也只能报失踪，二来不知道要去哪里找……"

"那她之前离开的时候呢？去了哪里？"

"这个……恐怕只有她和她的青狮知道。"

阿亮若有所思。

"阿亮，你有没有想过，为什么你妈妈的青狮会找到你？"

从前，阿亮不知道青狮是妈妈的。如今知道了过去的种种，阿亮的心里似乎有了一个答案，模模糊糊。

"青狮，是属于你们母子二人的，是你们之间的联结。也许你的妈妈是在通过这种方式告诉你，去完成她所未完成的事情。"

外公说道。

"每个舞狮人都有自己的狮魂，这个狮魂也仅属于他自己。但是你能够看到你妈妈的狮魂，你还能够跟它交流，甚至它还教过你功夫。你要知道，那些功夫，原本是属于你妈妈的。说是执念也好，说是机缘也罢，总之，这是你们母子二人之间的情分。虽然你不记得她了，但她却以另外一种方式出现在了你的生活里。"

"可是，我还不够好……"

"这条路只要你想走，就能走下去。"

外公鼓励阿亮说道。

"我知道了，外公。"

离开了外公的工作间，阿亮来到青狮祠。望着祠堂神位上空空的位置，阿亮心里默默下了一个决心。

自那以后，阿亮再未向爸爸提及过关于青狮和妈妈的话题。他不想爸爸一直陷在伤感之中。

一经堂现在有一头半的舞狮，所谓半头，就是当阿亮去上学的时候，一经堂还缺一个狮尾。天后诞之后，朱据师父和师公商量着，在不放弃武术打底的传统之下，一经堂还需要继续招新。

现在这个年月，不要说招上习武的人来，就算只招从事舞狮工作的人都很难。这个行业虽然守着文化和传统，可在如今的新时代里，如果找不到行之有效的变现方式或者就业前景，那就始终会面临着被边缘化。要么能够带来荣誉，要么能够带来金钱。名和利，总是要占一样的。世风如此，这是很现实的课题。而对于朱据、马良和阿亮来说，仅仅有情怀，也是行不通的。

"我想去'狮王争霸'赛再比一次！"

"你还要去啊？"

听到阿亮这么说，甘宁吃了一惊。

"这一次，我打算跟爸爸提前商量好，要以一经堂的名义参赛。'狮王争霸'赛毕竟是国际性的赛事，我想通过这样的方式，让新时代的一经堂走出国门，让世界看到我们。只有这样，我们才能有更多的机会。"

阿亮将自己的想法报告给了爸爸和二师哥马良。

朱据师父思忖良久，说道：

"可以。这次我打算让阿亮带队，马良和陈到参赛，钟繇和丁奉、李恢各司锣、鼓、镲。这一次的比赛，我们要一举夺魁。这样也能带一带一经堂的气势和行业的声势。"

"我帮你找几个媒体，全程直播这件事情。我表姐在禅城电视台，我去跟她聊一聊。"

甘宁主动请缨道。

"谢谢你。"

"跟我这么客气做什么？！"

"你总是在我最需要你的时候支持我。"

"我不是白帮你的，出来混总要还的。什么时候还，怎么还，我说了算！"

阿亮笑了笑。

"行！"

朱据师父为这一届的"狮王争霸"大赛做了周密的计划。一经堂全员都会去比赛的现场，对他们来说，这是很重要的一场仗。

朱据师父根据这些年的赛况视频分析，做出了一套新颖、周密的作战计划。

"我看了他们近些年比赛的情况，从前都是我们禅城出来的狮队占很大优势。这些年马来西亚、中国香港，甚至法国的狮队也不容小觑。有华人的地方，就有舞狮。不能因为他们没在国内比过，我们就轻敌。"

"是！"

"当然，我也做了详细的分析，我们的优势是什么？"

"我们有传统！"

"是的，阿良说得对。虽然现在比赛的计分和动作评判上越来越标准化，但标准化也就意味着条条框框多。如果能够打破这个东西，我们就能赢。"

"师父讲话好爱卖关子。"

"嘘！"

钟鹾打断了丁奉的吐槽。

"你们想一想，相较于现在流行的舞狮，传统舞狮的优势在哪里？"

"功夫！"

一向不出声的李恢忽然抢答，丁奉讶异地看着他。

"采青？"

阿亮不是很自信地回答道。

"是的！对于传统采青、五行八卦的储备知识，海外不如我们。"

朱据师父说着在白板上写下了两个字。

"所以我们要让他们见识的是这个，是中华文化的博大精深，是我们文化的出处。"

白板上朱据师父用行书赫然写着两个字——"典故"。

比赛当日，来自世界各地的舞狮队陆续到场。阿亮粗略看了一下，到现场的狮队大约有二十支左右。

"今年参赛的人怎么这么多？"

看着现场各种花样的狮头，丁奉摇了摇头。

"这让师父看见了，又是一通骂。"

"问题是，这也不好看啊。"

看到有的狮队还在狮头上扎了彩色的灯泡，李恢吐槽道。

在全部醒狮整齐划一地进行了拜神活动之后，比赛就紧锣密鼓地开始了。

首先上场的是泰国队。他们的舞狮像泰国的风情一样，金色打底，狮子的毛呈各种颜色的花色。虽然狮子花哨，但动作和步法中规中矩。

其实在这场比赛中，真正能够成为一经堂对手的只有马来西亚队。这届"狮王争霸"赛，他们上场的是黑狮。

"他们的黑狮没有我的漂亮！"

钟繇叫嚣道。

"当然，你那个狮头可是师公扎的。论手艺，没有第二个人。"

听到丁奉这么说，钟繇得意地笑了笑。

在他们一边对别人评头论足一边说笑的时候，朱据、马良和阿亮始终认真地看着每一支队伍的比赛，不放过任何一个细节。

一经堂是倒数第二个出场，马来西亚队压轴。

"等一下你们上场的时候，一定要注意安全！保证安全是第一位的，宁肯放弃难度动作，也要安全顺利地先把规定动作完成。"

阿亮不放心地嘱咐道。

"知道了，你放心吧。"

马良和陈到异口同声地回答道。

"我看师父现在对国际赛事的比赛规则也是溜溜的。"

阿亮小声跟二师哥蛐蛐道。

"其实师父也是在与时俱进的，他关注'狮王争霸'赛很多年了。这些年，他一直在研究舞狮在国际上的情况。师父其实并不是完全排斥这种技术标准程式化的比赛，他努力在标准化和传统武艺之间寻找一种平衡，带着舞狮一点点往前走。师父已经做得很好了，他也很擅长这个。不然怎么会决然把你送去体校？！"

"那他为什么对我总是不认可？"

"他不是不认可吧……是偶尔觉得你太飘了吧！"

马良说完哈哈大笑。

"乱讲！我哪有！"

轮到马良和陈到上场了。主持人用并不标准的中文和英语播报着他们的名字。

场上的裁判有五位，分别来自不同的国家和地区。

朱据师父给马良和陈到的这一场舞狮设计的亮点是梅花桩采青。这是同时结合了梅花桩的高桩舞狮和采青环节的设计。此外，朱师父还选取了一个颇具古典主义风味的故事打底，就是出自《白蛇传》的《青蛇》。

马良和陈到的红狮上场后，先是亮相，紧接着一个空翻上桩。

他们要采的青，在梅花桩的另一端，是盘踞一侧的一条青蛇。在朱师父的剧本中，红狮扮演了法海的角色。这一场讲述的是法海与青蛇狭路相逢，一番缠斗后，青蛇逃之夭夭的故事。

马良和陈到上桩后，先是做了几个精彩的连番跳跃的动作，引得现场一片掌声。紧接着，马良这头红狮做出了对青蛇上下左右观察的动作，一些惊惧、好奇、着急的小动作，引得观众一片笑声。

"二师哥今天走搞笑路线了啊！"

"那叫俏皮！"

钟繇和丁奉一边忙着手里的活儿，一边小声讨论着。

钟鼷的鼓点紧紧跟着二师哥马良的步法。

在反复试探之后，红狮向青蛇发起了攻击。马良和陈到用了一招猴子捞月，从下方衔住了青蛇。又轻轻一甩，将青蛇搭在了远处的梅花桩上。青蛇好似活的一般，在与红狮周旋。

在接连几个摆尾、跳跃、翻身的动作之后，红狮将青蛇再次衔在口中。只见青蛇在红狮的口中不住地挣扎，正到激烈处，青蛇如电光般从红狮的口中挣脱，甩至场外。

红狮大获全胜，站起身眺望逃向远处的青蛇，得意地摇了摇尾巴，一个漂移，跳下桩来。

马良和陈到的这一套动作如行云流水。从场上下来之后，两个人的衣裤都早已经湿透了。

"动作完成得好棒！辛苦你们了！"

阿亮抱了抱马良和陈到说。

下一个上场的就是马来西亚选手。

虽然传统舞狮在全世界各地开枝散叶，但在马来西亚华人圈子中，算是传承得最好的。他们一直是传统舞狮比赛的强力对手。

果然，马来西亚的舞狮队一亮相，就表现出了扎实的武术功底和熟练的舞狮步法。整套动作不仅熟练，行云流水，而且节奏很快。动作干脆利落，完成质量立见高下。

马来西亚的狮队很快就比完了自己的项目。

到了裁判打分的环节。

这一场比赛对一经堂来说，唯一的悬念就是马来西亚队。最终，一经堂以微弱的优势，赢了他们。钟籁、丁奉和李恢在场边高声欢呼，马良和陈到返场致谢。而阿亮则站在场边，强忍住激动的泪水。回想起自己上一次贸然来参加比赛的冒失场景，恍如隔世。今天终于又重回这个赛场，来证明自己，证明一经堂和心中的那个舞狮。

甘宁的表姐在网络上对一经堂的这场胜仗大肆报道。一经堂的曝光引来了非常多对于传统舞狮的关注。甚至很多人都以为，现在像一经堂这样的武馆早已不复存在了。他们好像只存在于动漫和武侠小说里面。

"这是误解。现代人们忙于生活，会将注意力投注于和自己生活息息相关的领域，这很正常。是我们做得还不够，我们要让传统舞狮和舞狮活动更多地曝光在人们的面前，让人们注意到这项传承了千年的文化活动。

这是我们一经堂，也是我们所有舞狮人的使命。"

"妈欸，师父真的好会讲。"

"师父平时只是不露罢了。不然你以为谁都可以执掌一经堂的吗？！"

钟繇和丁奉一边看着对师父采访的直播，一边讨论着。

阿亮没有参与他们的讨论，而是在一旁若有所思。

甘宁和张承因为课业的问题，没能跟着一经堂一起去"狮王争霸"的比赛现场。回到学校以后，阿亮像位说书人那样，惟妙惟肖地向他们讲述着比赛的经过。

"这么刺激的吗？"

"是啊！"

"朱师父好有想法啊！"

"当然！"

在甘宁和张承你一言我一语的夸奖中，阿亮显得颇为得意。

"瞧你现在那副得意的样子！"

甘宁和张承调笑阿亮道。

"不过……这次我爸的设计也启发了我。"

"启发你什么？"

"我有一个不太成熟的想法……"

"说来听听。"

甘宁和张承像两名小学生一样，坐在体操垫上，仰望着阿亮，听他讲述。

"我在想有没有一种可能性，创作出一种不同于以往的舞狮表现形式。让舞狮，走向更加大众化的市场。"

"我没懂。"

张承说。

"你是说，作为一种舞台表演吗？"

"接近了。但具体的我还没想好。"

阿亮想了想，继续说道：

"你们想，舞狮，其实就是融合了武术、音乐、表演和情节的艺术对不对？那情节多了，是不是就会连成故事？就像京剧，有折子戏，有全本。醒狮的文化其实整体是依托于三国，三国里面可以讲的故事太多了。如果我们用醒狮的方式去表演一出三国的故事，比如《空城计》，我随便举个例子，那么其实舞狮就是没有对白的舞剧。以这种成体系的表演方式来介绍和呈现舞狮的话，会不会大众的接受度就会更高，而且他们也看得懂？"

"绝妙啊！"

"你这个不太聪明的小脑袋瓜，怎么想到这一点的？"

"嘿嘿，也是这一次我爸设计的舞狮比赛动作给了我灵感。我爸说，中华文化中的典故，是我们长于别人的地方，那里面可以表现和借鉴的东西太多了。这让我想到，如果将这种形式再抻长一点，再完整一点，在音乐上再提升一些，会不会就是更加完整的舞狮表演了。"

"你这么一说，这个感觉很像舞狮版的舞台剧欸！"

"对！就是狮剧的感觉！"

周末，阿亮回到一经堂。刚进院子，就看到院子中央的桌子上，摆着一个大包裹，用红色的绸布包裹着。钟繇和丁奉正围在一边叽叽喳喳，一旁的朱据师父和师公则用和蔼的眼光看着他们。

"出了什么事？"

阿亮用茫然的眼神询问着他们。

"你猜？"

钟繇调皮地跳出来问阿亮。

"到底是什么啊？"

"你猜猜嘛。"

二师哥马良从身后出现，搂着阿亮，摇晃着他。

"你怎么也跟钟繇似的？！"

"谁跟她似的！"

"我怎么了？"

"你没怎么。"

"好了，别斗嘴了。阿亮，你打开看看。"

外公缓缓说道。

阿亮好奇地慢慢打开了包裹，里面赫然呈现的，是一座青狮狮头。

泪水瞬间充盈进了阿亮的眼眶。

"外公！"

阿亮泪眼婆娑地望着外公。

"别傻愣着了，比两下试试！"

二师哥马良鼓励阿亮道。

阿亮跳开两步，手中高高举起狮头，在院子里的平地上，做了几个舞狮的经典步法。

套在狮头里的阿亮，脸上挂满泪水，早已泣不成声。

狮头一般都存放在库房里或者师公的工作间里。

阿亮偷偷将这座青狮狮头带回了自己的房间。

阿亮洗完澡，盘腿端坐在床边，注视着这座狮头。心里默默念着妈妈罗青云的名字。

就在阿亮细细盘算他的狮剧剧本时，二师哥马良和钟繇打了起来。

起因是师父带着陈到和丁奉、李恢外出办事，家里只有马良和钟繇在练功。两个人练着练着，兴许是马良的某一招出得狠了一些，打重了钟繇。钟繇翻了脸，不依不饶，追着马良打。一开始马良步步忍让，但钟繇越打越起劲儿。本来嘛，从国外学了八卦掌和梅花桩回来后，一直都没有用武之地。而马良又是朱据师父的嫡传弟子，除了洪拳，还打得一手好咏春。难得跟马良这回对上了，依钟繇好胜斗狠的性格，定然不会放过他。钟繇不仅逼着马良动手，还激他。

"师父的咏春，你就学了这些？！"

"学了两招八卦掌，就觉得自己了不起了是吧？！"

两人一边说着，一边打着。

提前从外面回来的丁奉、李恢也不拉架，站在一边看热闹。

"你发现没有，自从钟繇来了以后，二师哥没有以前端庄了。"

"早就发现了！他现在跟钟繇越来越像了，一点威严都没有了。"

丁奉和李恢吐槽道。

"那你说师父有没有可能有一天换接班人啊？"

丁奉看着李恢认真的神情，敲了他脑壳一下。

"你小子先打好你的镲吧！"

"我想要一个与众不同的狮头开光仪式。"

闻言，朱据和师公罗宪面面相觑。

"你想怎么搞？"

朱据师父问阿亮。

若说一般的狮头开光仪式，武馆或者狮队自家内就解决了。这一天，一经堂特意给远近的邻居发了帖子，邀请大家来参加狮头开光的点睛仪式。神武堂也收到了请帖，众人一脸疑惑。

朱据师父特意向社区活动中心借用了大礼堂，这个礼堂可以容纳一千人之多。一经堂是武馆的老字号了，远近的邻居还算给面子，礼堂下边的座位坐得满满当当。很多小孩子也来了，好似看社戏那般热闹。

阿亮的狮剧，叫《思无涯》。

阿亮的狮魂是青狮，即赵云狮。而赵云的武器，则是龙胆亮银枪，又名涯角枪，取"海角天涯无双"之意。

台侧的阿亮装束也很特别，他没有穿狮裤，而是穿了一袭青衣，有些侠客的扮相。

"阿亮自己不舞狮吗？"

张承不解地问甘宁。

"你自己看看就知道了。"

"哼！你们俩真是秘密越来越多了！"

张承抱怨道。

忽然，场内的灯暗了下来。

首先响起的是鼓点，鼓声铿锵有力，好似将士即将出征。

与此同时，除了锣、鼓、镲这三样舞狮必备的乐器外，场侧还响起了古曲《将军令》的伴奏。

随着《将军令》的旋律飘出，舞台上的大屏幕亮起，打出草书"思无涯"三个字。这三个字，出自师公的手笔。

屏幕光同时打亮的，还有已经站在舞台上，呈对峙状态的阿亮和青狮。

只见阿亮身着一袭青色夜行服，似侠客般。手中拎着的，正是与这部狮剧同名的兵器。处于舞台剪影中的阿亮，无论从身形还是姿势，又或是他手中的那一杆长枪，都像极了一个人。

坐在台下的朱据，不禁握紧了拳。

而今天舞着青狮的，则是钟繇和马良。

"我懂了！阿亮是想自己给青狮点睛！他用狮剧的方式来完成开光仪式！妈呀！好厉害的想法！"

"哎呀！你好吵！"

张承在下面一边看，一边激动地吵吵着。

阿亮在这一场狮剧的设计中，融入了北狮的舞狮模式。北狮与南狮不同，北狮一般是一人一狮，一共三个人的组合。一名武士手持长棍，棍子的末端有一颗圆球。而另外两个人则扮演舞狮。更像是有人在逗弄舞狮一样。

阿亮在他的狮剧中做了南北的结合，借鉴了武士的角色，来完成青狮的点睛仪式。所谓"南狮北舞"，就是这个意思了。这是一种对传统的传承，也是一种对传统的创新。

原来阿亮的设计是想借由一场狮剧，自己亲自来为青狮点睛。并且在狮剧表演的过程中，完成点睛和开光的仪式。将狮头开光与狮剧情节做一个完美结合。

这既是一个创新的设计,又是一个反传统的设计。传统舞狮中,狮头在开光点睛之前是不会使用的。但阿亮暂时违背了这个传统,他不想让传统中最具魅力的地方成为人们认识舞狮的门槛。他将这个传统放大,展现到人们的面前,成为一种了解和认识,也在众生中完成自己的蜕变。

阿亮这一次的"叛逆",意外得到了爸爸和外公的认可与支持。

青狮与武士对峙,几个翻滚腾挪的难度动作,武士一直以长枪为武器,牵引着青狮的行动线。几番下来,青狮看上去稍有些步伐紊乱,好似喝醉一般。

青狮猛摇了摇头,武士左手背后,右手不知何时将长枪换为了朱笔。

起势!

武士扯下腰上缠着的红布,系于狮角之上。

紧接着飞身而起,追随着青狮的目光以朱笔点睛,陈到配合以强劲有力的鼓点。

只听阿亮大声诵出点睛口诀:

"一点睛!"

阿亮手持朱笔，点向青狮的左眼，一圈光晕从青狮的身上渲染而过。

"二点灵！"

阿亮手持朱笔，点向青狮的右眼，好似忽然有一阵旋风，围绕着青狮。

"三点名扬四海！"

阿亮从青狮的身上一跃而过，此时的青狮一声低吼，恍惚间，阿亮好似又看到了妈妈罗青云的那头青狮。阿亮的内心，忽然揪紧了一下。在阿亮的眼中，只见那头青狮的狮魂渐渐落在了自己的这一头青狮之上，两头青狮慢慢重叠。

陈到的鼓点忽然加强，钟鑫舞着的青狮看到阿亮在愣神，冲他顽皮地眨了眨眼睛。

阿亮回过神来，继续完成狮头点睛的最后一步！

"四点天下太平！"

阿亮与青狮相向而行，冲向彼此，交错而过。那一瞬间，阿亮的青狮好似活了过来，被阿亮赋予了生命。而这一次的交错，恰好是他们一人一狮魂，人狮合一，相伴而行的开始。

随着武士将醒狮的眼睛点开，青狮逐渐从迷茫中醒来。阿亮的青狮，完成了从普通的狮头幻化成真正醒狮的过程。也好似阿亮自己，一路从迷茫走到清明。

狮剧还未结束。

点睛之后，在灯光舞台效果的配合下，阿亮和钟鏽上演了一出移花接木。

不知何时，狮头变成了阿亮，狮尾是马良。最后谢幕的时候，青狮站在高高的梅花桩上，俯视着台下的观众。好似站在山顶上，遥望着大地，美丽众生。

最终，狮剧在全场的掌声中落下帷幕。

大四了，阿亮面临从体大毕业。

"你毕业后有什么打算？"

甘宁问阿亮。

"我决定回一经堂。"

"不叛逃啦？"

甘宁调笑阿亮道。

阿亮笑着摇了摇头。

"我想回去帮我爸和二师哥打理一经堂。"

阿亮看了张承一眼。

"你要不要加入我们一经堂？我看你也是个好苗子。"

张承的眼珠滴溜溜转了一圈。

"给上'五险一金'吗？"

"嘿！我给你解决就业问题来了是吧？！"

"那是事业嘛！"

"给！不过，能不能留在一经堂，也要看你的本事了！"

"嘿嘿！那好说！其实这些根本就不重要，我看重的，是可以跟你们一起舞狮！"

"刚才你可不是这么说的！"

一旁的甘宁哈哈大笑，揶揄张承道。

一经堂现在已经有了三只狮：一只红狮是马良的关羽狮，一只黑狮是钟繇的张飞狮，一只青狮是阿亮的赵云狮。但是人手不够，能够做狮尾的，只有陈到一个人。而李恢虽然成长很快，现在可以一个人兼锣和镲，但如果赶上活计多，忙的时候，还是会忙不过来。

这几年，无论是舞狮比赛还是舞狮活动，慢慢比从前多了一些。朱据师父的朋友，也从以前的体校教练擢升为了体校的副校长。朱据学着他当年的策略，开始从体校的苗子和培训班里挖人。用朱据师父的话说：

"我这是文化传承，而且一样是为国家培养人才，为国争光！"

偶尔，在梦里，阿亮还是会来到那个熟悉的场景。

一片树林，树叶在微风中沙沙作响，除了风声和树叶声，一片静谧。

阿亮四下顾盼，走着走着，慢慢走出了树林。

在远处的山崖上，阿亮隐隐看到一头青狮眺望着远方，青狮的鬃须随风飘动，它所眺望之处的地平线与黄沙相接。

眼前的景象，天地苍穹之大，而这当中的青狮，虽然小小一颗，心中却毫不畏惧，俯视着这一切。

2024 年 9 月 5 日　一稿

10 月 15 日　二稿

图书在版编目（CIP）数据

狮魂 / 牛泓著 . -- 北京：作家出版社，2025.8

ISBN 978 - 7 - 5212 - 3497 - 8

Ⅰ . I247.5

中国国家版本馆 CIP 数据核字第 2025YZ3403 号

狮　魂

作　　者：牛　泓	
图书策划：刘　刚	
责任编辑：田小爽	
装帧设计：李　一	
出版发行：作家出版社有限公司	
社　　址：北京农展馆南里 10 号　　　邮　　编：100125	
电话传真：86 - 10 - 65067186（发行中心）	
86 - 10 - 65004079（总编室）	

E - mail: zuojia@zuojia. net. cn

http: // www. zuojiachubanshe. com

印　　刷：北京博海升彩色印刷有限公司

成品尺寸：130 × 185

字　　数：123 千

印　　张：7.5

版　　次：2025 年 8 月第 1 版

印　　次：2025 年 8 月第 1 次印刷

ISBN 978 - 7 - 5212 - 3497 - 8

定　　价：48.00 元